CW01457118

ANIQUE
VOLUM
CHRISTINA ROSS

A Christopher, él sabe por qué.
A Erika Rhys, en la amistad.
A Ann Ross, por su cariño y su apoyo.

Nota del traductor

———— ✹ ————

EL ESPAÑOL UTILIZADO en esta traducción es eminentemente peninsular. Sin embargo, se ha tenido en cuenta la diversidad de usos del español entre los posibles lectores de la novela y se han buscado giros lingüísticos y vocablos tan neutros como ha sido posible. Siguiendo este criterio, se ha querido evitar usos que, aun siendo gramaticalmente correctos, puedan estar estigmatizados en Latinoamérica. Por otra parte, se han seguido las directrices y recomendaciones recogidas en la gramática de la Real Academia de la Lengua (RAE) con respecto a la no acentuación de pronombres demostrativos y otros vocablos que, tradicionalmente, solían acentuarse.

En la obra se incluyen algunos de los préstamos lingüísticos que se han incorporado al uso coloquial de la lengua, algunos pueden no aparecer en la última edición del diccionario de la RAE. Como en otras traducciones llevadas a cabo por este mismo equipo, la puntuación de los diálogos se ha hecho de manera que se asemeje más al formato de la obra original, alterando parcialmente el dictum de la RAE.

———— ✹ ————

MÓNICA GUZMÁN, TRADUCTORA.
Antonio Gragera, redactor.
ANAGRAM Translation Services. San Antonio, TX.

ANIQUÍLAME
VOLUMEN 1

LIBRO UNO
CAPÍTULO UNO

Nueva York

Agosto

EN MI ASFIXIANTE APARTAMENTO de una habitación en el East Village, un campo de prisioneros, me paré frente al estrecho espejo colgado de la puerta rota del armario y vi una versión más vieja y desarreglada de mí que me miraba fijamente. Me pregunté quién demonios era esa: ¿Una pariente lejana, una hermana desaparecida hace mucho tiempo, mi horrible hermanastra? ¿Todas las anteriores? Por otra parte, estaba demasiado distraída con el sudor que comenzaba a asomar a través de mi blusa blanca como para ponerle cuidado.

¿Qué estoy pensando? Me veo ridícula. Ni siquiera el hielo en la nevera podría mantenerse fresco con este calor. Llama y cancela. Diles que alguien murió en tu familia. ¡Mi pelo!

—Esto no va a funcionar— me dije en voz alta. —Mi maquillaje se ha comenzado a correr, mi pelo es una maraña gracias a la humedad y el Hudson está seco a mi lado. ¿Por qué no pude haber conseguido un trabajo en mayo o junio? ¿O incluso, julio? Podría estar en este momento en una oficina cómoda con aire acondicionado, haciendo mi trabajo, chismorreando con mis elegantes colegas, riéndonos apoyados contra el congelador de agua y recibiendo algo que aparentemente nunca veré en esta ciudad: un cheque. Pero, ¡oh no! Por no sé qué motivo, nadie quiere contratarme. Así que hoy iré y me sentaré delante de otro fastidioso encargado de recursos humanos que me tomará como que no valgo la pena y me enviará de regreso a casa.

Esperé una respuesta, pero nunca llegó.

Tomé una revista de debajo de mi cama y comencé a abanicarme con ella. Caminé hasta la entrada de la puerta que da al salón y encontré a mi mejor amiga y compañera de apartamento, Lisa Ward, tecleando rápidamente en su MacBook Pro. Estaba por terminar su segunda novela que publicaría en pocas semanas en Amazon. Por el éxito de su primer libro, que estuvo en la lista de los 100 más vendidos, yo sabía que mis días con ella estaban contados si este libro también despegaba. Y esperaba que así fuera, solo por ella. Había trabajado muy duro y se lo merecía. Por lo menos una de nosotras podría disfrutar de la vida.

—Estás terriblemente callada— dije.

—Porque mientras que tú te ponías histérica, yo tomaba nota. Voy a usar esta rabieta para una escena en mi próximo libro. Estuviste brillante.

—¿Me vas a poner en tu libro?

—Voy a poner tu diatriba en el libro.

—Cuéntame si voy a participar de las ganancias.

—¿Qué tal una salida a comer? ¿A un puesto de perritos calientes? Eso podemos permitírnoslo.

—No tengo problema. Yo soy de sopa de fideos Ramen.

Lisa se quitó su pelo rubio de la cara, lo recogió en una coleta y se volvió para mirarme. Su piel brillaba por el calor, pero aún desde donde yo estaba, se veía limpia. Lisa era una de esas chicas jóvenes, bonitas, que pueden salir sin maquillaje y siguen viéndose impecables. A menudo ella decía lo mismo de mí pero yo nunca lo creí. Yo nunca he visto lo que otros ven en mí. Ya me gustaría tener la seguridad de Lisa.

—Bueno, ¿dónde es esa entrevista?

—En Wenn Enterprises.

—Nunca la había oído nombrar, claro que yo no soy del mundo de los negocios. ¿Cuál es el trabajo?

—¡Oh, esto te va a encantar!

—¿Qué?

—Puedo tener mi maestría en negocios, tú sabes, que me dejó con una deuda de cuarenta mil dólares, pero como el problema real es que estoy en bancarrota, estoy detrás de un puesto de secretaria.

—Jennifer...

—No. Está bien. Wenn Enterprises es un conglomerado con mucho éxito. Esto es lo que estoy pensando: si puedo entrar como secretaria, alguien verá algo en mí y en pocos meses tendré el trabajo que estoy buscando.

—Te dije que te puedo dar dinero. El libro va bien, y este está mejor que el primero. Le puede ir mejor.

—Te lo agradezco, Lisa, pero necesito salir de este enredo yo sola. Todavía me quedan algunos ahorros, los suficientes para pagar el alquiler del próximo mes, pero luego no sé qué voy a hacer. Si no consigo un trabajo, voy a tener que volver a casa.

—¿Por qué tendrías que irte de Nueva York a Maine? Por qué tendrías que regresar a Bangor con esos padres castrantes que tienes? Ellos solo te deprimen.

—La verdad es que mi cuenta bancaria es como una bomba de relojería a punto de explotar. Desde que llegamos aquí en mayo, he sido muy frugal: nada de bares, ni de hombres, ni comidas afuera, ni ropa nueva, ni siquiera un *latte*. He hecho lo que tenía que hacer, si no ya habría tenido que salir de aquí a finales de junio.

—Bueno— dijo ella, —tal vez deberías considerar un trabajo como camarera en alguno de los mejores restaurantes de la ciudad. Podrías ganar dinero ahí durante la noche y buscar trabajo durante el día. No sería fácil, pero si de algo de lo que estoy segura con respecto a ti, Jennifer, es que eres trabajadora. Los camareros en algunos de estos restaurantes hacen buen dinero. Más de cien mil dólares anuales no es algo raro aquí,... y muchos de ellos no son tan atractivos como tú. Deja de subestimarte. Creo que no has conseguido trabajo porque intimidas a las mujeres que te entrevistan.

Ignoré el comentario. Yo simplemente no veía en el espejo lo que otros veían en mí. Nunca lo hice, nunca lo haría. —De hecho pensé en trabajar como camarera. Tengo alguna experiencia, aunque ninguna en restaurantes lujosos, más que nada sirviendo pizzas y cervezas para poder sobrevivir en la universidad.

Lisa extendió las manos. —Lo que ganaste en Pat's es experiencia. Quien te contrate te prepararía para atender a sus clientes como ellos esperan. Piénsalo. Te daría el dinero que necesitas y te permitiría buscar trabajo durante el día. Si esta entrevista no funciona, esa sería la solución.

Tenía razón. —Discúlpame, perdí los papeles hace un momento.

—No tienes que disculparte, fue divertido—. Su rostro se suavizó y me miró con preocupación. —Me gustaría que no estuvieras pasando por todo esto. Sé que ha sido difícil, te he visto trabajar duro para encontrar algo. Llegará en algún momento, pero estoy tan frustrada como tú de que no haya pasado ya. Te mereces un buen trabajo.

—Somos un equipo— dije. —Siempre lo hemos sido.

—Desde la escuela, en quinto.

—¿Cómo va el libro?

—A decir verdad, estoy trabajando intensamente. En este, los zombis son feroces. Creo que tendré el primer borrador al final de esta semana y después es más que todo edición, lo cual es bueno, porque editar es la mejor parte. Desmenuzas las palabras, las vuelves a armar, lees y relees, le das al libro su mejor forma y lo sacas.

—¿Cuándo lo puedo leer?

—El día que lo termine. Tú eres una excelente correctora—. Abrió los ojos. —¿Y? Esta ciudad está llena de editores. ¿Has considerado esa opción?

—Tengo un título en negocios. Y ellos quieren a alguien licenciado en inglés, y de Harvard.

—Yo no lo descartaría. Tú puedes hacer lo que sea, siempre te lo he dicho.

—Eres única, te adoro.

—Yo también te quiero. Esto va a mejorar.

—Eso espero. Estamos apenas en la primera semana de agosto y esta es la séptima entrevista del mes.

—El siete de la suerte. Ahora ve y usa el secador. Ponlo en frío, sécate la cara con una toalla limpia y refréscate. Te voy a dar dinero para un taxi y no acepto un no como respuesta. De verdad. No comiences de nuevo. Necesitamos aire acondicionado. Si este libro arranca, compro uno para el apartamento.

Si este nuevo libro arranca me temo que te voy a perder, lo cual es un motivo más para encontrar trabajo.

—Bueno— dije, —pero me dejas devolverte el dinero cuando tenga trabajo.

—Bien. Como quieras. Ahora, lárgate. Tu cita es en noventa minutos. El tráfico puede estar denso.

CAPÍTULO DOS

Con el maletín en la mano, salí de nuestro lamentable apartamento en la Calle 10 Este y caminé bajo el sol abrasador. Menos mal, al menos había brisa, lo que era raro en estos días. Durante el último mes, Manhattan había sido como una sauna irrespirable, con un idiota echándole agua a las brasas para mantener el aire húmedo.

Miré calle abajo en busca de un taxi y, para mi sorpresa, no tuve que esperar mucho tiempo antes de encontrar uno. Estiré la mano, el taxista me vio, se acercó a la acera y me subí al asiento trasero aliviada al encontrar el aire acondicionado prendido al máximo. Me acomodé de tal manera que el aire fresco me llegara y respiré. ¡Era maravilloso!

—A la Quinta con la Calle 48— le dije a la taxista, una mujer mayor con una mata de pelo rojo muy corto. —Al edificio de Wenn Enterprises, o lo más cerca que pueda dejarme por veinte dólares.

La mujer me miró por el espejo retrovisor levantando una ceja. —Haré lo que pueda, usted sabe cómo se pone esto durante la hora del almuerzo.

—Lo que pueda hacer se lo agradezco. Y por favor acuérdese de que esto incluye la propina. Desafortunadamente, cinco dólares es todo lo que le puedo dar.

—No se preocupe por la propina— dijo la mujer. —Un joven muy amable me dejó veinte dólares de propina por un trayecto de cinco. Sacaremos la suya de ahí.

Encontré sus ojos en el espejo. A veces esta ciudad me sorprendía con su amabilidad. —Muchas gracias.

—Solo continúo la cadena de favores, querida. Ahora le toca a usted hacer lo mismo por otra persona hoy. ¿De acuerdo?

—Trato hecho.

Esa es otra de las razones por la cual me encanta estar aquí. Ahora, si tan solo pudiera quedarme. Necesito conseguir ese trabajo.

La conductora giró a la izquierda después del First Republic Bank y Jerri's Cleaners y comenzamos a subir por la Sexta Avenida. Mantuve mi mirada fija en el taxímetro y vi cómo se iba consumiendo con rapidez el dinero que Lisa me dio antes de salir. Ya iban ocho dólares y seguía el conteo. Con este tráfico, tendría suerte si llegaba a la Sexta con la Calle 40. Ni hablar de llegar a la Quinta con la 40.

Y tenía razón. Cuando llegamos a la Calle 38, mis veinte dólares ya se habían consumido.

—Así está bien— dije. —Puedo caminar desde acá.

—¿Regresa al trabajo?

—Ya quisiera tener uno. Voy para una entrevista. Creo que debe ser la número cien en los últimos meses.

—Con su pinta, pensaría que la contratarían en un minuto.

Antes de que pudiera pretender ignorar el cumplido, la mujer presionó un botón. El recibo comenzó a imprimirse y se paró el taxímetro. —Una no puede presentarse hecha un desastre ¿verdad? Nadie va a contratar a una fregona. No se preocupe. Los viajes a esta zona siempre compensan. Recuperaré la pérdida.

—Es usted es muy amable.

—Solo sigo la cadena de favores. Yo sé lo que es tratar de encontrar trabajo en esta desastrosa economía. Yo sigo luchando por sobrevivir en ella. Sospecho que no es de aquí

—Soy de Maine. Me mudé aquí en mayo.

—¿Sin un trabajo?

—Solo una más de las muchas cosas estúpidas que he hecho en mi vida. Esto tiene tanto que ofrecer que pensé que sería fácil encontrar trabajo. Bueno, por lo menos más fácil que en Maine, donde no hay nada.

—En Nueva York nada es fácil, querida. Pero siga la cadena de favores. Cada día sea amable con alguien. Ya verá. Las cosas cambiarán de rumbo para usted. Cambiaron para mí.

Cuando paramos al frente de Wenn Enterprises, un rascacielos moderno, resplandeciente, que parecía capturar la luz del sol y lanzarla de nuevo besando el cielo, la mujer ajustó el espejo retrovisor para que me pudiera ver en él. —¿Tiene una polvera?

—Si—dije. Bajé la cabeza y vi por qué lo decía. A pesar del aire acondicionado mi cara tenía el brillo del sudor. Abrí mi maletín al lado derecho y saqué la polvera.

—Yo me daría un toque.

—Estoy en ello.

—Debajo de los ojos.

—Los ojos.

—No se le olvide el cuello.

—El cuello.

—Ahora, a por todas con esa entrevista.

—Usted debe tener unos hijos muy afortunados.

—Yo soy la afortunada— dijo la mujer cogiendo el billete de veinte que le extendí.

—Es lo que me digo todos los días.

CAPÍTULO TRES

Una vez en el *lobby*, que parecía un hormiguero con gente entrando y saliendo del ascensor y cruzándose en frente de mí, me acerqué a la recepción. Estaba tan nerviosa que oía mis tacones como golpes de tambor contra el piso de mármol.

Un hombre levantó los ojos para mirarme.

—Soy Jennifer Kent— dije. —Tengo una entrevista con Bárbara Blackwell.

—¿La señora Blackwell?

—Lo siento. Sí, la señora Blackwell.

Escribió algo en su ordenador, leyó la pantalla, tomó el teléfono que tenía al lado e hizo una llamada. —Jennifer Kent para la señora Blackwell. ¿La mando para arriba? Sé que ha llegado temprano, pero de todas formas aquí está. Gracias.

Colgó el teléfono e hizo un gesto indicando hacia el ascensor. —Piso cincuenta y uno. Vaya a la derecha cuando se abra la puerta. Encontrará una sala de espera a su izquierda. Llegó temprano. Espere ahí un poco y la asistente de la señora Blackwell vendrá a buscarla.

—Gracias —dije. —Lo siento por haber llegado temprano.

—Mejor que tarde— dijo él.

CUANDO LAS PUERTAS se abrieron, me llené de valor y entré en el vestíbulo. Vi la sala de espera, fui hasta allá y estaba llena. No había dónde sentarse. Catorce caras se levantaron para mirarme, me recorrieron con los ojos. Un hombre gordo, embutido en un traje gris donde a duras penas cabía, me sonrió sugestivamente.

—¿Me permite? —dijo alguien mientras me rozaban al pasar por el estrecho pasillo.

—Lo siento.

—Bien, bien.

¡De nada!

—¿Julie Hopwood?

Me giré y vi una mujer de mediana edad de pie a mi lado.

—No. Yo soy Jennifer...

—Soy Julie Hopwood —dijo una belleza morena que estaba sentada al lado del gordo. Era elegante y cuando se puso de pie, pensé que se veía espectacular con aquel traje azul oscuro.

—¿Está aquí para el trabajo de secretaria?

—Creo que todos estamos para lo mismo— dijo ella.

La mujer la miró con una sonrisa forzada. —Por acá. La señora Blackwell la recibirá ahora mismo.

—Gracias.

Cuando pasó delante de mí, dijo: —Tengo que conseguirlo.

¿De verdad?

Le eché un vistazo al gordo que me miraba fijamente con los labios entreabiertos. *¿Por qué me mira como si yo fuera un chuletón de ternera?* No podía quedarme en la puerta, por supuesto. Fui a la silla que quedó libre a su lado y me senté. Puse el maletín sobre mi regazo y noté que el hombre había vuelto la cara para mirarme. No quería entablar una conversación con él, así que lo ignoré, abrí mi portafolio y pretendí que estaba buscando algo hasta que por fin él miró para otro lado.

Quince minutos más tarde vi a Julie Hopwood que atravesaba la sala de espera con una sonrisa de satisfacción en su rostro. Después, la mujer mayor que la había acompañado antes preguntó por Jennifer Kent.

—Soy yo— dije mientras me levantaba.

—La señora Blackwell la atenderá inmediatamente.

—Gracias.

—Buena suerte— dijo el gordo.

Levanté la mano como respuesta y fui donde la mujer, quien me guió por un largo corredor hasta la puerta abierta de una oficina que hacía esquina. Adentro vi una mujer con una expresión seria, con un elegante traje negro, sentada en un gran escritorio, con el horizonte de

Manhattan a sus espaldas reflejando la luz del sol. Estaba hablando por teléfono pero me indicó con la mano que siguiera adelante y me sentara en una silla enfrente de ella y articuló, sin decir palabra, que le diera mi *currículum vítae.*

Abrí mi maletín y saqué una copia para ella.

—No, no— dijo la mujer por el teléfono, mientras cogía mi currículo. —Así no es cómo funcionan las cosas, y tú lo sabes, Charles. Habla con mi abogado. No me llames de nuevo. Y... ¿te puedo dar un consejo? Simplemente firma el maldito papel, así cada uno puede seguir adelante con su vida. Hace meses que lo presenté. Estoy cansada de todo esto. Te quiero sacar ya de mi vida. Y tus hijos también. ¡Por Dios!

Sin agregar nada más, colgó el teléfono, miró mi currículo y me miró a mí con la rabia reflejada claramente en su rostro. —Señorita Kent— dijo. —¿Cómo está?

—Bien, señora Blackwell. Gracias por recibirme.

—No tiene por qué agradecerme. Es mi trabajo. Durante todo el día. A veces los fines de semana—. Le echó un vistazo a mi currículo. —¿Es de Maine?

—Sí, así es.

—¿Y se graduó en mayo?

—Con una maestría, sí.

—¿En negocios?

—Así es.

Me miro. —¿Por qué está interesada en un trabajo de secretaria teniendo una maestría en negocios?

Traté de mantener mi compostura. —Estoy aquí desde mayo y ha sido difícil encontrar trabajo.

—Está enterada de que la economía está en el hoyo, ¿no?

—Lo sé. Solo pensé que aquí habría más oportunidades que en Maine.

—Eso es lo que la trae aquí hoy.

—Así es.

—Yo lo veo así. Usted quiere contestar el teléfono hasta que encuentre un mejor trabajo. ¿Para qué perder mi tiempo en esto? Esto solo significa tener que reemplazarla tarde o temprano.

Sentí que me ruborizaba. —Realmente pensé que sería una buena manera de poner un pie adentro. Yo estaba esperando que si trabajaba lo suficientemente duro en Wenn, alguien vería algo en mí y esto me abriría otras oportunidades.

—¿Así es? ¿Y cuánto tiempo nos da para que esto pase? ¿Unas pocas semanas? ¿Un par de meses? ¿Hasta que encuentre trabajo en otra parte?

—Si el salario es decente, esperaría hasta que hubiese una buena vacante.

—Bueno, muy amable de su parte.

—Señora Blackwell, yo soy una buena trabajadora. Solo necesito una oportunidad. Si no encuentro un trabajo pronto, tendré que regresar a Maine y abandonar mis sueños aquí.

—¿Y ese es problema mío?—. Tiró el currículo sobre el escritorio. —Mire, señorita Kent. No estoy buscando contratar a alguien por poco tiempo. Estoy buscando a alguien que se quede en este puesto por un tiempo prologado, así no me toca estar llenándolo de nuevo en un año. ¿Me entiende? Usted ya no está en Maine. Está en Nueva York. Es una ciudad grande con mucha gente como usted buscando trabajo. Ahórreme los histrionismos de "solo necesito una oportunidad". Eso ya está en todos los espectáculos de Broadway. Le sugiero que se compre una entrada para una matiné y que le saque el jugo.

¿Cuál era su problema? —¿Hice algo que la ofendió?

—Me ha hecho perder mi tiempo.

—Por lo visto, creo que llegué en medio de una discusión.

—¿Cree que llegó en medio de qué?

—Una discusión. Usted estaba discutiendo cuando yo entré. Ahora se está desquitando conmigo. Eso no es profesional. Yo no soy Charles y deje de actuar como si yo fuera él, por favor.

La mujer se echó hacia atrás en la silla, parecía divertida. —Bueno, escúcheme bien, Maine. Puede que usted tenga lo que se necesita para sobrevivir en una gran ciudad. ¡Tiene la boca muy grande!—. Se inclinó hacia adelante y un mechón de pelo negro cayó sobre su cara. —Pero no vamos a oírla aquí. ¡Que tenga muy buenos días!

Furiosa, me levanté. ¿De verdad? ¿Una entrevista de tres minutos? ¿Qué he hecho para merecerme esto? ¿Cuántas veces me iban a descartar en esta ciudad? Sentí otro arranque de ira y lo dirigí hacia esa bruja de Blackwell, así como ella lo hizo conmigo. —Que tenga un divorcio formidable. Por lo que veo, Charles se libró de una buena bruja.

—Querida, usted no tiene la menor idea. Y gracias por su *currículum vítae*. Me aseguraré de llamar a todos los reclutadores y prevenirlos contra usted.

—¿Entonces le gustaría otra demanda?

—¡Por favor! Por lo que me contó, usted no podría pagarla. Hasta luego, señorita Kent. Hasta luego y buena suerte. Ahora, váyase. Cierre la boca. La Blackwell está muerta para usted. Hasta nunca.

CAPÍTULO CUATRO

Alterada por el incidente, salí de la oficina de la mujer y caminé enceguecida por el pasillo hasta los ascensores. Docenas de hombres y mujeres caminaban hacia mí o se cruzaban en mi camino, todos ellos tenían trabajos. *¿Qué me pasa? ¿Por qué no puedo encontrar un trabajo y que me contraten? Se me está acabando el dinero. Si no encuentro algo pronto no sé qué voy a hacer.*

Sentí que las lágrimas brotaban de mis ojos, pero estaba perdida si comenzaba a llorar, y comencé a parpadear para enjugarlas.

Tú vales más que todo esto. Esto no es para ti. Fue su culpa. Escucha a Lisa. Piensa en trabajar en un restaurante. Eso puede dejarte el tiempo que necesitas para encontrar el trabajo que realmente quieres. Tienes experiencia. Necesitas el dinero. Concéntrate en eso.

Fui a uno de los ascensores y presioné el botón para bajar. A pesar del aire acondicionado me sentía más acalorada que en el apartamento. Me quedé esperando el ascensor y no pude evitar escuchar la voz de mi padre en mi cabeza.

No lo vas a lograr, lo sabes. No lo vas a lograr y vas a correr de regreso a casa. Bueno, pues este es el trato, niña. Puede que no te recibamos si no lo logras. Tu madre y yo puede que estemos bien sin ti. Piénsalo si te vas a ir.

Y fue en realidad esta conversación la que me convenció de largarme. Lisa y yo nos habíamos graduado la semana anterior. La llamé para contarle lo que mi padre me había dicho y al final de esa semana teníamos asegurado nuestro apartamento de mierda con un agente inmobiliario en Nueva York. Empacamos el Golf de Lisa, que tenía diez años, y que apodamos Gretta, y dejamos Maine y nuestras vidas pasadas atrás.

—Gretta nos va a sacar de aquí— dijo Lisa cuando tomamos la I-95 hacia el sur.

—Puede que esté vieja pero nunca me ha dejado tirada. Lo lograremos juntas. El libro está listo, la portada está estupenda. Solo falta una buena revisión tuya del texto antes de cargarlo en Amazon.

¿Quién sabe qué vaya a pasar? Puede que sea un éxito. Pero aunque no lo sea, nos tenemos la una a la otra, como siempre nos hemos tenido. Resolveremos esto juntas. No dejes que el borracho imbécil de tu padre estropee tus sueños. Y por favor, no dejes que se meta más en tu cabeza y te joda más de lo que ya lo ha hecho.

Más fácil decirlo que hacerlo. Las palabras de mi padre me perseguían tanto ahora como antes. Tal vez él vio a la verdadera Jennifer Kent. Tal vez me vio como lo que en realidad soy: un fracaso. Alguien que en una de las ciudades más grandes del mundo después de cuatro meses no ha logrado que la empleen en un maldito trabajo está muy mal.

Las puertas del ascensor se abrieron rápidamente y fue un alivio que estuviera desocupado. Entré, oprimí el botón para el lobby y me recosté contra la pared.

No voy a llorar.

Pero lo hice. Estaba furiosa, agobiada y sentía que no tenía otra alternativa que encontrar un trabajo en un restaurante fino. Esto, claro, significaba otra ronda de entrevistas porque necesitaba encontrar un buen restaurante que pagara bien. Me sentía desinflada ante la perspectiva de tener que empezar de nuevo. Comencé a llorar de nuevo de la frustración.

Para mi desgracia, justo cuando me había dejado llevar por las emociones, el ascensor redujo la velocidad al llegar al piso cuarenta y siete. Rápidamente me enjuagué las lágrimas. Estaba preocupada de que en el rímel se hubiera corrido. Bajé la cabeza cuando se abrió la puerta para que nadie pudiera ver en mi cara lo triste, furiosa y desesperada estaba.

Solo que no fui tan rápida. Por un instante, la mirada del hombre que se subió al ascensor se encontró con la mía. Me miró con cierta preocupación, vio que el botón para el lobby ya estaba oprimido y se paró a mi lado.

Las puertas se deslizaron para cerrarse. Un silencio incómodo se extendió entre nosotros.

Era guapísimo. Tenía que serlo. ¿Cómo no iba a serlo? ¿Es que acaso el mundo iba a dejar de reírse de mí justo ahora? Solo bastaba un vistazo para darse cuenta de lo guapo que era. Probablemente medía un metro ochenta y cinco, pelo oscuro brillante, echado hacia atrás, de una cara cincelada, salpicada por una barba de dos días, labios carnosos y ojos color de mar. Eran lo mejor de él: azules verdosos enmarcados por unas pestañas gruesas. Había visto un montón de hombres atractivos desde que llegué a Manhattan, a la mayoría los había ignorado pues necesitaba encontrar trabajo antes de pensar en salir con alguien. Pero este hombre sobrepasaba mis expectativas. Claro está, dada mi racha de buena suerte, estaba hecha un completo desastre cuando él me vio.

Sáquenme de aquí. Por favor, dejen que se mueva rápido el ascensor y llegue a la calle. Yo camino a casa con este calor. No me importa. Solo sáquenme de aquí.

—Perdona —dijo—. ¿Pero te encuentras bien?

Maldita sea. —Me temo que las alergias están haciendo de las suyas conmigo hoy. Me arden los ojos.

—¿Es eso?

Él lo sabe bien. Sabe que estoy mintiendo. ¿Pero, qué importa? Es un extraño. Según la señora Blackwell, nunca más los volveré a ver, ni a ella ni a él. ¿Por qué no crucificarla mientras tenga la ocasión? Puede que llegue a sus oídos.

—No, realmente no es cierto.

—¿Qué es?

—Vine aquí para un trabajo de secretaria. Tengo una maestría en negocios, estoy en Nueva York desde mayo y nada ha salido bien. No puedo encontrar trabajo. Aparentemente, según la señora Blackwell en el piso cincuenta y uno, que está tan disgustada con ese asqueroso divorcio que está atravesando que se desquitó conmigo, no sirvo para coger llamadas ni llevar un archivo. ¡Pero por Dios! Yo esperaba encontrar aquí una oportunidad y comenzar a abrirme camino, y finalmente hoy ha terminado siendo un día más de decepción. —Lo miré, vi lo que podría ser como una irritación en su rostro, y me sonrió—. Lamento haberme desahogado así.

—Fui yo él que preguntó. ¿Conociste a la señora Blackwell?

—Sí, pero ni te le acerques. Es el infierno en la Tierra. Me amenazó con contactar a los reclutadores que conoce en la ciudad y prevenirlos contra mí.

Frunció el ceño. Podía ver la rabia en sus ojos. —¿Por qué habría de hacerlo?

—Porque no podía entender por qué yo estaba interesada en un trabajo para el cual estoy más calificada de lo necesario. Dijo que le hice perder su tiempo. Intercambiamos unas palabras, no muy amables, pero ella no fue profesional. Lo tomó de forma personal. Como consecuencia, ahora estoy marcada para cualquier reclutador que trate de contactar.

—Pero, eso es una calumnia.

—Lo es, pero no puedo hacer nada al respecto. Estoy quebrada—. Respiré profundo y cambié de tema. Este hombre no solo estaba buenísimo, sino que parecía amable y sincero, como la taxista que me trajo. Adoro esta ciudad. Pero, ¿y ahora? ¿Por culpa de Blackwell se podría ir al diablo?

Me quité la pinza que sujetaba mi pelo manteniéndolo apartado de la cara, lo solté y cayó sobre mis hombros en suaves ondas castañas, libre.

—¿Qué tal aquí?— le pregunté. —Supongo que eres un empleado. ¿Me estoy perdiendo algo grandioso? A pesar de esa maldita bruja allí arriba, siento que sí.

Él me estaba mirando el pelo, pero luego pareció como que se estaba examinando él mismo y se encontró con mis ojos. —Trabajar aquí no estaba exactamente entre mis planes, pero aquí estoy. Está bien. Me mantiene ocupado, que es lo importante.

—¿Qué haces?

—Solo asuntos de negocios. Pero no quiero aburrirte con eso.

—Me encanta que me aburran con "solo asuntos de negocios".

Me fijé en su traje costoso y su elegante reloj en la muñeca, y pensé que, seguramente, era un director cuyo trabajo era intenso. Miré rápidamente su cara y vi que me miraba atentamente y no pude ocultar mi atracción por él. ¿Cuántos años tenía? ¿Treinta? ¿Sería soltero? Con esa pinta, no había forma de que fuera soltero. A menos de que él lo prefiriera así. No era que importara. Él estaba en una liga completamente diferente a la mía, solo el precio del reloj probablemente pagaría por mi apartamento durante el próximo año, así que cuando el ascensor comenzó a detenerse, sentí un alivio. Yo únicamente quería llegar a casa.

—¿Cómo te llamas? —preguntó.

Por muy apuesto que fuera, yo nunca le daba mi nombre completo a nadie. —Jennifer— dije. Yo no quería saber el suyo, entonces no pregunté.

Pero él me lo dio de todas formas.

—Alex.

Extendió la mano y yo la apreté mientras el ascensor paraba y las puertas se abrían.

—Encantada de conocerte— dije, consciente del estremeciendo que sentí cuando nos tocamos. La palma de su mano era suave y excepcionalmente cálida. —De nuevo, lamento haberme desahogado.

—Parece que tienes toda la razón para hacerlo.

¿Sería este tipo real? Una parte de mí no quería irse, pero lo hice. Tenía que ir a casa y comenzar a buscar un trabajo de camarera. No tenía tiempo para hombres, ni siquiera para uno como este.

—Qué te vaya bien— dijo.

Salimos del ascensor a la vez. Apresuré mi paso para ir delante de él, pero podía sentirlo detrás de mí. Podía oír sus pasos. Podía sentir sus ojos sobre mí. Con mi maletín en la mano derecha, recorrí con la izquierda mi vestido para asegurarme de que no se arrugaba cuando caminaba. Estiré la chaqueta hacia abajo, me peiné el pelo con los dedos y lo sacudí. Empujé la puerta para abrirla y esperé a que él la agarrará detrás de mí. No lo hizo. Cuando me volví para ver dónde estaba, lo vi parado con las manos en los bolsillos. Me estaba sonriendo.

Le sonreí, y luego, para mi espanto, choqué con alguien en el andén. Mi maletín salió volando de mi mano y cayó al piso con tal fuerza que se abrió. Con el viento, las copias de mi currículo, que guardaba en caso de necesitarlas, salieron volando por la Quinta hacia abajo. El hombre con el que me tropecé me dijo que mirara por dónde iba, y se fue molesto.

—Jesús— me dije. Y comencé a recoger cuanto currículo podía. Vale un poco de dinero mandarlos imprimir en buen papel. Dinero que no tengo para mandarlos imprimir de nuevo. Los necesitaré para cuando empiecen las entrevistas en los restaurantes. —No puedo creerlo— dije.

La puerta se abrió detrás de mí. —Nunca podremos recogerlos todos— escuché que decía. —Pero podemos recuperar algunas. Aquí. Déjame ayudarte.

Para mi sorpresa, salió corriendo por la Quinta abajo, entremezclándose con la muchedumbre y recogió cuanto currículo estuviera a su alcance. Cuando terminó, lo vi subir por la avenida con varios en la mano. En su rostro había un brillo de sudor. Hacía un calor del demonio afuera, pero él era capaz de hacer sentir ese calor como un témpano de hielo. Lo vi como un Dios. No recuerdo haberme sentido nunca tan atraída físicamente por un hombre. A decir verdad, nunca me había sentido así antes. Generalmente descartaba a los hombres.

—¿Estás bien?— preguntó.

—Sí, estoy bien— dije. —Apenada pero bien. Muchas gracias—. Tomé las copias del currículo. —No tenías que haberte molestado.

—Aparentemente la persona con la que te tropezaste no iba a ayudarte. Fue realmente un accidente. A veces no entiendo por qué la gente tiene que ser tan grosera.

—Este día se tiene que terminar pronto— dije. —Gracias de nuevo. Te lo agradezco, Alex—. Sintiéndome como una idiota cerré mi maletín, me despedí rápidamente y con torpeza y me fui a pesar de sentir que él estaba a punto de decirme algo cuando me había vuelto para mirarlo.

CAPÍTULO CINCO

Cuando regresé a mi apartamento estaba empapada en sudor. Se había calado a través de mi blusa y parte de mi chaqueta, tenía el pelo mojado y pegado a la frente, el área entre las piernas se sentía en carne viva y mis pies... ¡Por Dios, mis pies! Con unos tacones de más de siete centímetros, había caminado tres kilómetros de nada a 32° C de calor. Presentía que cuando me sacara los malditos zapatos, si la hinchazón obvia me permitía quitármelos, vería unas terribles ampollas.

Subí los cuatro pisos de escaleras, que casi me matan, hasta mi apartamento. Introduje la llave en la cerradura, abrí la puerta y encontré a Lisa golpeando el teclado de su Mac.

Era evidente que estaba en su mejor momento. Con cuidado puse mi maletín sobre la mesa de la cocina, me quité los zapatos, vi manchas de sangre por dentro y varias ampollas cerca de los dedos de los pies y fruncí el ceño. Aquella era ridículo. Había echado a perder unos buenos zapatos y seguramente mi único traje bueno. Esta no era una manera de vivir. Tenía que hacer algo al respecto.

Había pensado darme una ducha antes de revisar en línea unos pocos restaurantes para ver cuáles eran los mejores pero, con mis pies como estaban, esto obviamente no iba a suceder. Necesitaba hacerme cargo de ellos antes de que se infectaran. Sin molestar a Lisa, podía ducharme, encargarme de mis pies y luego buscar en Google algunos de los mejores restaurantes de la ciudad. Si había un enlace a "empleos", miraría si estaban contratando.

—¿Cómo vas, Jennifer?

Lisa siguió mecanografiando como una loca. Tenía esa capacidad de enfocarse en su trabajo y a la vez mantener una conversión, siempre y cuando las palabras le estuvieran brotando, como era el caso en este momento.

—Para qué te cuento. Mírame.

—Ven aquí. Ponte delante de mí.

Haciendo una mueca de dolor caminé y me paré delante de ella. Me miró de arriba abajo, volvió a su portátil y de pronto paró para echarme un segundo vistazo.

—¡Caramba! Estás hecha un asco y tú nunca estás hechas un asco. ¿Qué pasó?

Me senté en la silla enfrente de ella y le conté todo.

—¿Cómo te las arreglaste para que todo esto sucediera en un par de horas?

—Estoy dotada para eso.

—Lamento lo de Blackwell. La muy perra.

—Hay un infierno especial para esta gente. Pronto las llamas le van a pellizcar el culo.

—A chamuscárselo

—A quemárselo.

—A tostárselo.

—A ampollárselo más que mis pies—. Estiré mis piernas. —Mira estas bellezas.

—¡Oh, Jennifer, lo siento mucho! No te mereces esto. Necesitas curarte esto ahora mismo.

—Me voy dar una ducha de agua fría en un minuto.

—En el botiquín hay agua oxigenada. Úsala. No querrás terminar en un hospital con una infección.

Le hice un saludo militar. —No es que tenga seguro médico o que pueda pagármelo, pero tomo nota, jefe.

—Y bien, ¿quién es el tipo?

—Lisa, tendrías que haberlo visto.

—Tú nunca hablas de hombres. Jamás. Entiendo perfectamente lo de la atracción física. Te hace perder el sentido, te vuelve estúpida y esencialmente destruye tu vida, tal como lo aprendí perfectamente de mis últimas dos relaciones. Entonces debo suponer que era magnífico.

—Lo era. Alto, moreno y apuesto a la décima potencia. Ojos azules verdosos. Un cuerpo como para morirse. Una barba de dos días realmente sexy. ¡Y tan amable! Eso es tal vez lo que me mató. Parecía un tipo dulce. Por lo general, esas dos cosas no van juntas. ¿Hay alguna desconexión ahí o es solo cosa mía?

—Tal vez fue amable porque le echó un vistazo a tu trasero.

—Deja mi trasero fuera de esto.

—Ya me gustaría tener lo que tú tienes. Soy plana como mi madre y tú sabes cómo es eso—. Me miró. —No estaba bromeando, que lo sepas. Nunca hablas de hombres. Yo sé por qué, pero esto es fuera de lo común.

—¿Qué te puedo decir? Nunca me había sentido así antes. Estaba increíble. Completamente mi tipo. Y claro, rico, lo que quiere decir que estamos en extremos opuestos del espectro financiero y eso no es compatible. Pero por Dios, ¡qué hombre! Bien vestido. Con un reloj precioso, muy masculino, en su muñeca. Unos zapatos espectaculares. Perfectamente arreglado. Y ahí voy yo, me giro para mirarlo con una estúpida sonrisa y me estrello en la acera con ese viejo grasiento que casi me aplasta. Soy única, alguien debería escribir un artículo sobre mí. Esto no se ve todos los días.

—Bueno, ¿y cómo acabaste todo?

—Me vine para casa.

—¿No intercambiaron teléfonos?

—¿Me estás hablando en serio? Lisa, necesito concentrarme y salir de este lío. Él es un semental con buenos modales, pero hasta ahí llega.

—En algún momento tendrás que confiar en alguien lo suficiente y empezar algo.

La miré pero no dije nada a pesar de que sabía que tenía razón. En algún momento tendría que bajar la guardia.

—Ve a ducharte— dijo. —Me preocupa que agarres una infección, especialmente con este calor. Ya sabes que escribo sobre zombis. Si tu pie se infecta, puede ser que se desate la infección equivocada. ¿Y entonces que haríamos?— Me guiñó un ojo.

—Hablando en serio, tus pies están hinchados y no tienen buena cara. Por favor ve y encárgate de ellos o lo hago yo.

—Ya voy. Y gracias por el dinero para el taxi. Tengo que contarte una historia relacionada con eso más tarde.

—Te dije que no te preocuparas por el dinero.

—Pero lo hago. Cuando salga de la ducha, voy a comenzar a buscar en línea restaurantes para ver cuáles son los mejores y dónde están contratando.

—Tienes la experiencia. Bien sabe Dios que tienes la pinta. Pienso que tan pronto como tus pies estén bien, tu mejor carta de presentación va a ser presentarte en persona. Dar una buena impresión. En esta profesión, el aspecto es importante. Eso y tu habilidad para servir a los clientes. Este tipo de trabajo será muy rentable para ti y es una buena opción mientras encuentras lo que estás buscando.

Para mi sorpresa, cuando Lisa dijo esto, no fue un trabajo lo que me pasó por la cabeza, sino la cara de Alex.

CAPÍTULO SEIS

Por la mañana, después del tratamiento nocturno con ungüentos antibióticos que Lisa compró en la farmacia de abajo, mis pies se veían mejor. Mucho mejor, lo que era un alivio. Las ampollas seguían rojas, a punto de reventar, todo un espectáculo de terror, pero la inflamación había disminuido y eso quería decir que la infección estaba bajo control.

Así que no había necesidad de hospital para mí. No podía darme el lujo de pagar la visita de todas maneras y tampoco de perder tiempo. Necesitaba ponerme de pie, preparar una taza de café para cada una y darle a Lisa un abrazo por haberme echado el ungüento y vendado los pies con gasa. Luego, necesitaba comenzar a buscar en la red los mejores restaurantes de la ciudad. Con toda seguridad no iba yo a servir comida en un sitio como Tubby's Diner. Necesitaba un restaurante excelente donde pudiera ganar suficiente dinero para llenar mi anémica cuenta bancaria, que en este momento tenía un cierto olor a patética.

Y estaba dispuesta a trabajar hasta reventarme para lograrlo.

Si iba a sobrevivir en esta ciudad, y no volver a la casa de mis padres para que me ridiculizaran o rechazaran, necesitaba dinero. Dinero rápido, dinero de propinas. Si lograra entrar al mejor lugar posible, estoy segura de que las cosas cambiarían para mí porque tendría la posibilidad de buscar el trabajo que quiero durante el día. No sería fácil, pero definitivamente me quedaría donde quería estar.

Y de nuevo gracias por la idea, Lisa.

Le quería dar una sorpresa. Salí de la cama y fui a la cocina en silencio. Me dolían los pies como un demonio, pero no tanto como ayer. La encontré durmiendo en el sofá cama y me invadió un sentimiento de culpa. Aquí estaba la que ganaba más dinero de las dos y no tenía la habitación. La miré dormir, su pelo rubio enmarañado cubriendo su bello rostro, y decidí que le daba la habitación. Cuando llegamos a Manhattan, ella supuso que yo era la que iba a tener el trabajo mejor pago y ella confiaba en que todo saldría bien con su libro.

—Tú coges la habitación— había dicho. —No sé cómo me va a ir con este libro. Tú vas a estar ganando más que yo en poco tiempo. Y esto es lo justo.

Pero ese no era el caso ahora. Por mi parte, la habitación era de ella y yo dormiría en el sofá cama. Y francamente, ¿a quién le interesaba? Lo que importaba era nuestra amistad. Algún día estaremos por encima de esta ridiculez y nos reiremos con unos martinis en la mano en el Ritz.

Sigue soñando, niña.

Lo haré.

Entonces sueña en grande.

Ese es mi plan. No ahorré durante años para venir aquí para nada. Vine aquí para lograrlo.

Cuando el café comenzó a hacerse, el aroma fue suficiente para despertar a Lisa.

—Huele delicioso— dijo.

—Y es simplemente Folger's. Imagínate si fuera Starbucks.

Una mirada adormilada invadió su cara. —Starbucks—dijo. —Si yo fuera un zombi, lo cual es muy posible después del capítulo que escribí anoche, ese sería el primer lugar a donde iría. Pediría un Java Chip Frappuccino, una galleta, y obviamente una porción de sesos, porque, tú sabes, sería un zombi. Bueno, imaginemos que es café de Starbucks.

—Tú eres la creativa— dije. —Es muy fácil para ti. Para mí no tanto. Bueno, por lo menos tenemos café.

Ella comenzó a levantarse.

—No— dije. —Quédate ahí. Te traigo una taza. Tú has sido mi salvavidas estas últimas dos semanas. O meses. Mejor meses. Disfruta estos últimos momentos en el sofá cama porque a partir de esta noche la habitación es tuya.

Se sentó en la cama y me miró. —¿Qué estás diciendo?

—La habitación es tuya. Es lo justo. Yo paso mis cosas a tu armario y tú pasas todas las tuyas al del cuarto. Decoras la habitación, disfrutas de una cama de verdad por una vez y duermes como la princesa que eres.

—Jennifer, no tienes por qué hacerlo. No me molesta dormir aquí. La verdad es que la barra que se siente a través del colchón me hace levantar más temprano y comenzar a escribir, algo que no haría de otra manera. La barra es pura motivación.

Hice un gesto en dirección a la habitación. —Me parece que hay un despertador ahí.

—Con botón de pausa.

Puse los ojos en blanco, serví las dos tazas de café y agregué un poco de azúcar y de crema. Después de mezclar bien, le llevé una taza y le di un beso en la frente. —Es cierto. Últimamente he dado mucho trabajo, más que de costumbre, lo que quiere decir que has estado muy ocupada. Te agradezco todo lo que has hecho por mí, más de lo que crees, y especialmente te agradezco tu paciencia. He sido todo un lío.

Me miró con asombro. —No tienes que darme las gracias. Me escuchaste durante semanas cuando Kevin me plantó. ¿Recuerdas cómo fue eso? Déjame recordarte, porque fue épico. "¿Por qué habría de querer dejar a una mujer como yo? Qué imbécil. Qué idiota. ¿A quién cree que está engañando? ¿A ver? ¿A ver? Qué mierda. ¡Ahhhhhh! ¿Por qué lo sigo queriendo? ¿Por qué sigo deseando que me llame ahora mismo? Lo voy a matar. Ayúdame a destrozar las ruedas de su maldito coche. Voy a traer un cuchillo". Y dale, y dale. Esa noche era una borracha sicótica, sin freno. Nuestra amistad no es exactamente unilateral y nunca lo ha sido.

Me senté en la silla al borde de la cama. —Cuando estés lista para cambiar cuartos me avisas, ¿de acuerdo? Pero tiene que ser hoy mismo. Es mi turno en el sofá—.

Me iba a decir algo pero levanté la mano para impedírselo. —Por favor no. Te lo mereces, insisto. Punto final. Ahora déjame decirte lo que voy a hacer—. Le conté mis planes de reducir la búsqueda a los mejores restaurantes de la ciudad y, cuando mis pies soportaran unos zapatos, comenzar a visitarlos lo antes posible en busca de trabajo.

—Creo que estás dando el paso correcto.

—Fue tu idea. Y es el paso acertado. ¡Qué demonios! Tendré que trabajar de camarera más de lo que tendría si no me hubiera salido de mis casillas con la bruja de la Blackwell. Si consigo trabajo, compro el aire acondicionado. ¿Puedes creer este calor? ¿A estas horas de la mañana? Debería abrir las ventanas. ¡Qué circule el aire!

—Tal vez por una hora.

—¡Que se refresque antes de que haga demasiado calor!

—Se supone que hoy va a estar por encima de los treinta grados de nuevo.

Le sonreí. —Entonces sugiero que nos echemos el doble de desodorante o si no las dos tendremos serios problemas.

El timbre del teléfono sonó cuando estaba abriendo la ventana de la sala.

—¿Quién me puede llamar a estas horas de la mañana?

—Puede ser de algún trabajo. Pueden estar devolviéndote la llamada.

Me levanté y fui a la cocina, donde tenía el teléfono, sobre la mesa. —No me pongas nerviosa.

—¿Quién es?

Me quedé mirando fijamente la pantalla. —Wenn Enterprises— dije. —No puede ser, acertaste. Es Blackwell.

CAPÍTULO SIETE

—¿Alo?

—¿Jennifer Kent?

Miré a Lisa y asentí. Era Blackwell, efectivamente. El tono entrecortado de su voz era inconfundible. —Al habla.

—Le habla la señora Blackwell.

—¿Quién?

—La señora Blackwell.

—Lo siento, no recuerdo.

—¿De verdad? No puedo creerlo—. Aclaró su garganta, posiblemente por la rabia y frustración. —Se acaba de abrir una vacante. Me dijeron que la llamara para ver si estaba interesada en venir para una entrevista.

—Disculpe, ¿dónde es esa entrevista?

—Wenn Enterprises.

—¡Ah, usted es esa señora Blackwell!

—Correcto.

—¿Cómo no la reconocí? ¿La que me amenazó? ¿La que usó su divorcio en mi contra? Lo siento estoy ocupada, señora Blackwell.

—Yo lo pensaría dos veces señorita Kent.

—¿Y por qué habría de hacerlo?

—Porque este trabajo es especial. Es un trabajo bien remunerado. Es el tipo de trabajo que va hacer que se fijen en usted en Wenn Enterprises, que creo que fue lo que usted dijo que quería cuando nos conocimos.

—Usted quiere decir cuando intercambiamos unas palabras.

—Señorita Kent, discúlpeme por la forma en que la traté—. Era como si estuviera leyendo un guión. Su voz era fría y tensa. Nada sugería que ella estuviera arrepentida, pero no iba a dejar de seguirle la corriente por eso. *¿Por qué?* —Fue un encuentro desafortunado el que tuvimos el otro día. Eso es todo. He estado bajo mucha presión últimamente.

—Sí, me di cuenta. ¿Y eso cómo me afecta a mí?

—No debería haberla afectado en lo más mínimo y por eso me disculpo.

Lo que sea. —¿Por qué me está llamando de nuevo para ese trabajo?

—Me dijeron que lo hiciera.

—¿Quién?

—El señor Wenn en persona. Vio su currículo. Le gustaría que viniera para una entrevista.

—¿Cómo hizo el señor Wenn para ver mi currículo?

—Eso no lo puedo revelar.

—¿Es para el trabajo de secretaria?

—No. El necesita una asistente ejecutiva.

—¿No tenía ya una?

—Sí, pero esta mañana le ha dado un ascenso.

—¿A qué?

—Directora ejecutiva de no sé qué.

—No es muy específico.

—Señorita Kent, yo no fui la que ordenó el ascenso. El señor Wenn lo hizo. Me acaban de informar de esto y me dieron instrucciones de llamarla. Eso es todo lo que sé.

—¿Pero por qué no lo previno en mi contra? Esto no tiene sentido. Usted me echó de su oficina. Me dijo que le hice perder su tiempo. Tuvo que haberle dicho esto al señor Wenn. Usted me despidió con un "hasta la vista", creo.

—Y me he disculpado ya. Espero que podamos dejar eso atrás. La estoy llamando para pedirle que venga a una entrevista para este trabajo.

—Antes de ir, señora Blackwell, necesito saber lo que ese puesto conlleva.

—Usted trabajará directamente con el señor Wenn, no solo para llevar su agenda, aunque lo va a hacer de todas maneras. Probablemente la mejor forma de describir este puesto es que usted va a ser su confidente. Usted va a ser esa persona indispensable sin la cual no puede vivir. En este caso particular, esto es lo que el señor Wenn requiere.

Usted va a ser su brazo derecho, literalmente. Como se imagina, él es un hombre muy ocupado. Necesita a alguien inteligente que intervenga cuando sea el caso y le ayude a entender las cosas. Necesita a alguien a quien le pueda lanzar ideas. Después de ver su currículo, se interesó porque justamente necesita a alguien tan preparado como usted. Tendrán que trabajar muchas horas juntos. Hasta tarde en la noche. Necesita estar preparada para esto.

—¿Cuántas horas?

—Por lo menos doce. Hasta quince por día. Y tendrá que trabajar casi todos los fines de semana. El señor Wenn trabaja muy duro.

El es multimillonario. ¿Por qué habría de hacerlo? —Esto suena excesivo.

—En Nueva York, no lo es, señorita Kent. Pero me imagino que en Maine sí.

Ignoré el desaire. Los de Maine a menudo tenían hasta tres trabajos para pagar las cuentas, y a pesar de eso muchos seguían en la pobreza. *Esta mujer no sabe de lo que está hablando.* —¿Cuánto es el salario?

—Doscientos cincuenta mil al año.

Quedé boquiabierta. ¿Estaba bromeando? Con toda seguridad lo estaba. Esto era una broma. Una muy cruel. Como no respondí nada, ella dijo. —¿Me imagino que estará asombrada por el sueldo?

Me serené. —Realmente, no. Después de todo es Wenn Enterprises. Yo esperaría un salario así para un cargo ejecutivo.

—Correcto. Bueno, señorita Kent, necesito preguntarle si está interesada en venir para una entrevista. Se reunirá directamente con el señor Wenn. La entrevista dura una hora. ¿Está interesada?

Decidí lanzarme. —¿Es negociable el sueldo?

—Todo es negociable, especialmente si él siente que usted es la persona indicada para el trabajo. Pero yo no presionaría mucho. Usted no tiene una verdadera experiencia.

—Aparentemente tengo la suficiente como para merecerme doscientos cincuenta mil dólares al año.

Lisa se quedó boquiabierta y yo desvié la mirada para evitar que me sacara de mi papel.

—Tal vez. ¿Concretamos una cita?

Con mis pies en un estado tan terrible a duras penas podía caminar. Necesitaba postergar esto por unos días así les daba tiempo de sanar. Si no, iba a quedar como una idiota. —¿Qué le parece el jueves?

—Estábamos esperando que viniera hoy en la tarde.

—Tengo que ir a un funeral hoy en la tarde. El entierro es mañana. Tendrá que ser el jueves.

—Voy a avisar al señor Wenn acerca del funeral y el entierro y la vuelvo a llamar.

Antes de que pudiera agregar algo más se cortó la línea.

Me giré a mirar a Lisa y estaba a punto de gritar cuando sonó de nuevo el teléfono. —No me lo puedo creer —dije.

—¡Contesta!

—¿Así de rápido?

—¡Contesta de una vez!

Tomé aliento. —Habla Jennifer.

—Jueves al mediodía, señorita Kent. El señor Wenn quisiera enviarle flores al difunto. ¿Me puede dar el nombre de la funeraria?

¿Lo tenía al lado? Transcurrieron solo unos minutos entre una llamada y otra. —No es necesario.

—Pero él insiste.

Mierda. —Por favor, dígale que le agradezco el gesto pero no era un pariente mío. Voy para acompañar a una amiga. Veré al señor Wenn el jueves al mediodía. ¿Me imagino que primero la busco a usted?

—Si.

—Gracias, señora Blackwell.

La mujer hizo una pausa y pude sentir que la temperatura en el cuarto bajaba veinte grados.

—Buena suerte, señorita Kent.

CAPÍTULO OCHO

—Jennifer, solo escúchame hasta el final. ¿De acuerdo? Solo escúchame. No hables. Solo necesito que te concentres. ¿Estás concentrada? No, mierda, no estás concentrada. ¿Por qué habrías de estarlo? Cuelga el teléfono. Aléjate de él. Y escúchame. ¿Puedes hacerlo? Parece que no. ¿Por qué estás tan pálida? Por Dios, no te vayas a desmayar.

Estaba confundida. De futura camarera a futura gallina de los huevos de oro en cosa de minutos. Parpadeé y me vi en una habitación de contornos extrañamente borrosos Me sentía mareada, como si hubiera bebido un trago. El mundo aún parecía seguir girando sobre su eje. Podía escuchar un ruido zumbándome los oídos.

—Doscientos cincuenta mil dólares. Al año. ¡Oh, Dios!

Lisa me agarró el brazo para sostenerme. —Todavía no tienes el trabajo.

—Necesito ese trabajo.

Me empujó contra la mesa y se ayudó con ella para sostenerme. —Entonces escúchame. Tienes una tarjeta de crédito. No la has usado desde que estamos aquí. La guardabas para una emergencia. Bueno, pues esto es una emergencia. ¿Me oyes? Esta es una emergencia en todo el sentido de la palabra. Necesitas cortarte y arreglarte el pelo. Necesitas un traje y zapatos nuevos, nada de algo barato. Si no funciona, puedes pagar por la ropa y el corte de pelo con el sueldo de camarera que te vas a conseguir. ¿Me escuchas? ¿Qué te pasa en los ojos? ¿Por qué me sonríes así? ¿Jennifer? ¡Jennifer!

—No lo puedo creer.

—Vuelve en ti de una vez.

—Ni siquiera sé lo que puede ser tener ese dinero. Mis padres son pobres. Siempre he sido pobre. ¿Qué puede uno sentir ganando todo ese dinero?

—No lo sabrás si no me escuchas.

—¿Por qué me van a pagar tanto de buenas a primeras?

—¿A quién le importa? Tal vez es lo que pagan en Nueva York. ¿Cuál es el trabajo, por cierto?

—Asistente ejecutiva del señor Wenn.

—Con razón.

—Me dijo que tenía que trabajar de doce a quince horas por día. Incluyendo los fines de semana. Aparentemente, me convertiría en su *hombre* de confianza.

—¿Cómo? No importa. Ven aquí y te sientas. Tómate tu café. Si está frío, te sirvo otra taza. Pero necesito que te sientes. No puedes aparecer por allí con la nariz rota si de pronto decides derrumbarte encima de mí.

Sentí que Lisa me llevaba a través de la habitación y me sentaba cuidadosamente en una silla.

—Toma aliento.

Respiré profundamente. —Ya lo tomé.

—Ahora, vamos. Tómate el café y aterriza de una vez.

Hice lo que me dijo y poco a poco volví a ser yo misma. —Lo siento— dije. —He estado patética.

—Puede que hayas ganado la lotería. Lo entiendo. Demasiado de una vez, pero todavía no es tuyo. Lo que tienes es una oportunidad. Eso es todo. Hoy, descansas. Mañana, vas a arreglarte el pelo. Después compramos el traje y los zapatos. Estoy hablando de Prada y Louboutins. ¿De acuerdo?

Asentí. —No lo puedo creer.

—Bueno, créelo. Has estado esperando durante meses esta oportunidad.

—Te aseguro que no estaba esperando *esta* oportunidad.

—Aún mejor. Voy a traer una toalla limpia y te voy a lavar los pies. Luego, te pongo más ungüento y te los vendo con gasa. Lo haremos de nuevo antes de que te vayas a la cama. El ibuprofeno se hará cargo del resto de la inflamación. Te tomas dos pastillas cada cuatro horas. Necesitamos que puedas mantenerte de pie lo más pronto posible.

La miré a los ojos. —¿Puedes creer esto?— le pregunté.

—Si— dijo. —Siempre he tenido confianza en ti. Tú eres la que no la tiene. Tú y tus padres. Pero estoy orgullosa de ti. Más que orgullosa. Esta puede ser tu gran oportunidad. Ahora necesitamos asegurarnos que así va a ser. ¿Me entiendes?

—Te entiendo— dije.

—Prada lo arregla todo— dijo. —O por lo menos es lo que he oído. Por lo general, con un martini tengo bastante. Pero en este caso, yo le haría caso a la biblia, que naturalmente es la edición de *Vogue* de este mes. Me la devoré la semana pasada. La nueva línea de Prada es la tendencia. La reina Wintour nunca se equivoca.

CAPÍTULO NUEVE

Fue una poco habitual salida solo-para-chicas, y a pesar del estado lamentable de mis pies, que seguían inflamados aun con los zapatos planos más confortables que tenía, Lisa y yo hicimos de este día uno especial.

El pelo me lo arreglaron y tiñeron en Salón V, en la Calle 7 Este. Nada especial, lo suficiente para complementar mi cara ovalada, con un color castaño para realzar mi *look*. Pagué un masaje facial, una manicura y una pedicura para cada una.

—Estamos en el negocio equivocado— dijo Lisa cuando nos dieron la cuenta y pagué a la cajera con mi tarjeta de crédito. —Por amor de Dios.

—Valdrá la pena— dije.

—Estás increíble.

—Tiene razón— dijo la cajera. —Me gustaría verme como usted.

Le sonreí. —Es muy amable de su parte.

—Créame. Es verdad.

Me sonrojé por el cumplido. —Necesito verme lo mejor posible—. Miré a Lisa, que llevaba unos vaqueros apretados, unas sandalias de charol rojas con doble correa y una camiseta blanca sin nada debajo salvo sus pechos redondos y una visión clara de sus pezones.

Ese atrevimiento era un lujo que ella podía permitirse. Su pelo rubio estaba recogido en una cola de caballo que caía sobre su espalda. Aparte del rimel, ella no usaba casi nada de maquillaje, no lo necesitaba. Ponía atención a la imagen y le encantaba la moda, era algo natural en ella, lo que me parecía gracioso pues, de otra manera, su vida giraba en torno a vendibles escritos sobre zombis.

—¿Crees que he hecho bien no cortándomelo mucho?

—Creo que te puedes hacer más cosas con el pelo así como está. Muchas cosas. Y tus puntas abiertas es cosa del pasado. Gracias a Dios. Algún día, tendrás que abandonar tu champú barato.

—No hacía algo así desde que salí de Maine. Ya era hora de hacerlo. Y si el trabajo en Wenn no sale, de todas formas me ayudará para buscar trabajo como camarera.

—¿Trabajo de camarera?

—Así es.

—Sí, te ayudaría. Pero vas a conseguir este trabajo y no vamos a volver a pensar en el otro por ahora. Todo es cuestión de confianza. Viéndote como lo haces en este momento, deberías estar rebosante.

Pero no lo estaba. Me preguntaba si ese día llegaría alguna vez.

Cogimos un taxi, por cuenta de Lisa, para Prada en la Quinta Avenida. Después de probarme seis conjuntos diferentes, compré un traje azul pálido con una blusa de seda blanca que se ajustaban perfectamente a mi cuerpo e iban muy bien con mi color de pelo y el tono de mi piel. El traje costaba más o menos tres mil dólares, pero conseguí unos zapatos puntiagudos de Prada en descuento que costaron un tercio de lo que me hubieran costado en Louboutins. Tuve que contener el aliento cuando pagué por todo esto. ¿Qué estaba haciendo? El día me había costado una fortuna que no tenía.

Estoy haciendo lo correcto. Estoy invirtiendo en mi futuro.

Al menos esperaba que ese fuera el caso.

Después de terminar nuestras ensaladas baratas y las Coca Colas dietéticas en una mesa de esquina en Mc Donald's (tuvimos que hacer una concesión en este día tan ridículamente costoso) Lisa me hizo preguntas sin parar preparándome para la entrevista del día siguiente. Cuando terminamos, parecía satisfecha con mis respuestas.

—Bueno, hay algo que se puede decir de los últimos cuatro meses— dijo.

—¿Y qué es?

—Dado que has tenido tantas entrevistas, estás más que preparada para lo que venga mañana. Es como si tuvieras una maestría en cómo entrevistar. Te echen lo que te echen, vas a estar preparada.

—¿Tú crees?

—Estoy segura.

Ninguna de las dos hubiera podido saber en ese momento lo equivocada que estaba.

CAPÍTULO DIEZ

A las doce menos diez llegué a Wenn Enterprises en taxi. El taxi era de nuevo cortesía de Lisa. Le debo mi vida. No solo por el apoyo financiero, sino también por el emocional. Para asegurarse de que no iba volver al apartamento con más ampollas e inflamación, me dio suficiente dinero para el taxi de regreso. No había mejor amiga que ella. Era un regalo del cielo.

Salí del taxi y me dirigí al edificio taconeando con mis zapatos, que eran lo más de los más. Nunca había derrochado tanto en zapatos porque, francamente, no podía darme ese lujo. Eran elegantes, chic y sorprendentemente confortables. Me tranquilizó que mis pies ya estuvieran casi curados. Cuando crucé la acera, recordé lo que sucedió la última vez que estuve allí. Mi encuentro con la señora Blackwell. Mi maletín tirado en la acera. Currículos volando por todas partes. Y ese hombre divino saliendo del edificio para ayudarme a recuperarlos. En general, mi primera visita al lugar hizo de ese día uno de los peores desde que llegué a Manhattan. Y ahora estaba ahí de nuevo, para una entrevista de un puesto que podría cambiar mi vida muy pronto. Sería poco si dijera que esto me parecía surrealista.

Crucé el *lobby* hasta la recepción y me eché el pelo hacia atrás. Había decidido llevarlo suelto. Se veía mejor así después del corte y especialmente con el nuevo tono castaño que contrastaba con el azul pálido del traje.

—Soy Jennifer Kent— le dije a uno de los hombres que estaba detrás del mostrador.

—¿Cómo?

Había mucha gente en el *lobby*. Tuve que hablar más fuerte. —Soy Jennifer Kent y tengo una entrevista con el señor Wenn.

—Lo que quiere decir que necesita ver a la señora Blackwell.

Tremendo. Pero sabía que iba pasar.

—Déjeme llamarla y avisarle que usted está aquí.

—Gracias.

Actuó como si no me hubiera oído. Habló por teléfono. —Una tal señorita Kent está aquí para verla. ¿Sala de espera? ¡Ah, bueno! Le diré que vaya a verla directamente.

Colgó el teléfono. —Piso cincuenta y uno, a la izquierda, atraviese un corredor largo y encontrará...

—Ya he estado antes— dije temiendo el momento en que la señora Blackwell me volviera a menospreciar. —Puedo encontrar a la señora Blackwell—. *Puedo olfatearla como un perro a su presa.* —Gracias.

Esta vez me sonrió. —Con gusto, señorita Kent.

CUANDO LLEGUÉ A LA oficina de la señora Blackwell, me miró, reparó en mi peinado y mi traje y me extendió la mano. Estaba en el teléfono de nuevo, justo como la última vez.

—Max, esto es lo que necesita saber, y que ya sabe además, pero parece que no le entra en esa cabeza y le voy a hacer el favor de repetírselo de nuevo. Charles no se va a quedar con mi dinero. Yo me voy a quedar con su dinero. ¿Me entiende? ¡Por amor de Dios! Él era el que se estaba tirando en el piso de la sala a esa mujerzuela de Saks. Eso está documentado en la cámara de seguridad y tengo aquí el video. ¿Qué más pruebas necesita para cerrar este asunto? ¿Qué puede ser más dañino que lo que ya le he dado? ¡Nada! Le sugiero que deje el miedo y termine este asunto de una vez o lo despido y me busco otro abogado. No me venga con esa, Max. No suspire. No refunfuñe. Los dos sabemos lo que usted tiene en mira. Los dos sabemos que usted va a ganar una fortuna con esto. Así que cállese, tenga cojones y sáqueme de este matrimonio antes de que termine la semana. Tiene hasta el viernes. Si la caga, me consigo otro. Cientos de abogados desearían que me fuera con ellos. ¡Buenos días a usted también! No sea hijo de puta y termine con esto de una vez.

Colgó y me miró no con la rabia que yo esperaba, sino con una cara de fatiga. —No se case nunca.

No respondí.

—Pero usted no está aquí para oír esto— dijo, echándome un vistazo. —Está aquí para ver al señor Wenn.

—Así es.

Echó para atrás su silla y se puso de pie. —Se ve muy bien hoy. Me gusta su traje.

—Gracias.

—Parece caro.

—Lo es.

—Pensaba que no tenía dinero.

—No lo tengo, pero las tarjetas de crédito pueden solucionarlo.

—Una ilusión pasajera. ¿Le puedo sugerir algo?

—Claro.

—¿Le molesta si la toco?

—¿Necesita tocarme para sugerirme algo?

—Solo el pelo. Confíe en mí.

¿Confiar en el Kraken? —Está bien...

Agarró un abrecartas negro brillante del portalápices de plata que tenía delante, se colocó detrás de mí y me levantó el pelo. Lo enrolló, lo enroscó, lo levantó, lo llevó a un lado, luego al otro y, finalmente, lo sujetó con el abrecartas formando un moño apretado.

—Aquí hay un espejo— dijo, señalando la pared de la izquierda. —Mírese.

Tenía razón. Era un moño. Y se veía bien. Me gustaba mi pelo suelto sobre los hombros, pero este estilo era más pulido y sofisticado.

—Me gusta— dije. —Gracias.

—¿Otro consejo?

La miré.

—En medio de la entrevista, cuando usted entienda la situación y se dé cuenta que es el momento adecuado, quítese el *pasador* y deje caer el pelo sobre los hombros. Hágalo de una manera natural, distraída.

Hágalo mientras él le está hablando, que parezca que es en lo último que usted pensaría. Mírelo a los ojos mientras tanto.

—¿Qué quiere decir con "entender la situación"?

—Ya verá.

—¿Para qué me suelto el pelo?

—Ya se va a dar cuenta señorita Kent. Yo solo trato de ayudarla.

—Entonces tengo que preguntar lo obvio. Después de nuestro último encuentro, ¿por qué me quiere ayudar?

—Porque todos cometemos errores. Porque estaba pasando por un mal día cuando nos conocimos. La cargué con usted y me disculpo por eso. Yo he estado donde usted está ahora y sé qué es lo siguiente.

—Lo siguiente es simplemente una entrevista de trabajo— dije.

Me sonrió y detrás de esa sonrisa se reflejaba un misterio, pero no se revelaba, en sus ojos. —Tiene razón. ¿Por qué no vamos ya a ver al señor Wenn? Sé que está deseoso de conocerla.

CAPÍTULO ONCE

Salimos de su oficina y caminamos por el largo corredor hasta el pasillo de ascensores. La señora Blackwell oprimió el botón de subida. La puerta del ascensor se abrió al poco, entré detrás de ella y acto seguido oprimió el botón para el piso cuarenta y siete.

No dijimos nada más. Me toqué el peinado a la altura de la nuca y sentí que me desmayaba antes de tiempo.

Mucho dependía de la entrevista. Podía sentir el corazón latiendo con fiereza contra el pecho. Peor aún, tenía a mi padre metido en la cabeza. *Buena suerte, niña. La vas a necesitar.*

Lo que necesitaba hacer era concentrarme. Lo que necesitaba hacer era creer en mí misma y no estropearlo todo. Lisa tenía razón. En este momento, ya era una experta en entrevistas aunque no hubiese conseguido todavía un trabajo. Las preguntas eran siempre más o menos las mismas. "¿Cuál es su mayor debilidad?" "¿Por qué cree que este trabajo es para usted?" "¿Cuáles son sus metas personales en la vida?" "¿De qué manera este trabajo las complementa?" Le añades un puñado de otras preguntas y luego te muestran la puerta con una sonrisa rápida y forzada, "estaremos en contacto con usted".

Tomé aliento, organicé mis ideas mientras el ascensor se detenía y enderecé la espalda cuando la puerta comenzó a abrirse.

—Por aquí— dijo la señora Blackwell.

Entramos a un piso que era completamente diferente al piso donde trabajaba la señora Blackwell. Estaba decorado de una manera maravillosa en tonos marrón, masculinos, desde las paredes hasta los muebles y el piso de madera. Aquí no había cubículos. No había áreas con gente escribiendo o colaborando. De hecho, mientras nos movíamos en ese espacio callado, parecía que no había nada, punto. De las altas ventanas colgaban unas persianas pesadas que bloqueaban la luz del día de manera que la iluminación artificial, distribuida estratégicamente, podía crear un ambiente más íntimo y acogedor.

Este es su piso, pensé. *No tiene una oficina que hace esquina como otros ejecutivos. ¡Tiene un piso entero!. ¿Y por qué no? Es el dueño del negocio. Por favor, que no vaya a ser un arrogante malnacido.*

La señora Blackwell giró el pasillo y llegamos donde una rubia joven elegantemente vestida. Tenía quizás mi edad. Tal vez un poco mayor. Cerca de los treinta o algo así, pero con una apariencia completamente profesional. Nos sonrío cuando la señora Balckwell y yo nos detuvimos delante de su escritorio.

—Ann, Jennifer Kent. Jennifer, Ann Collins, la asistente ejecutiva del señor Wenn.

Su cargo me sorprendió, pero luego me imaginé que estaría ahí hasta que encontraran un reemplazo para su puesto.

—Un placer conocerla— dije.

Se levantó y me extendió la mano con una sonrisa. —El placer es mío, señorita Kent. ¡Me alegro que haya venido! Le diré al señor Wenn que está aquí.

Pasó rozándonos.

—Gracias, Ann— dijo la señora Blackwell viéndola ir hacia la única oficina que había en ese piso. Al menos parecía ser una oficina, había ahí una puerta cerrada. EL resto del piso era un amplio espacio abierto con una sala de estar. No era convencional, por decir lo mínimo.

Blackwell se giró para mirarme y en sus ojos había una sensación de premura. —El resto está en sus manos. Mantenga la cabeza fría y la actitud abierta. Piense "expectativas". Piense "futuro". No sea tonta y no le dé muchas vueltas. Y mucha suerte, Jennifer. Recuerde lo del *pasador* del pelo. Úselo en el momento apropiado. Úselo instintivamente.

Sin agregar nada más se fue, dejándome sola con la duda de qué quiso decir con no ser tonta y no darle tantas vueltas. ¿Por qué quería que yo mantuviera una actitud abierta, que pensara en "las expectativas" y "el futuro"? ¿Qué quería decir todo esto? ¿Y por qué tanta atención a mi pelo? En este momento, hubiera querido que Lisa estuviera conmigo. Ella podría percibir el trasfondo de lo que no se había dicho.

Yo era tan ingenua para este tipo de situaciones que posiblemente esa era una de las razones por las cuales no conseguía trabajo en esta ciudad. La gente seguramente podía sentir mi falta de experiencia en la vida.

—¿Señorita Kent?

Miré hacia donde Ann estaba parada al lado de una puerta abierta.

—El señor Wenn la recibirá ahora— dijo.

Me alisé con la mano el traje, revisé por última vez mi moño y comencé a caminar hacia ella.

—¿Le apetece algo de beber?— me preguntó antes de entrar. —¿Una copa de champán? ¿Un martini?

—Es apenas mediodía.

—¿Y?— Debí poner cara de extrañeza pues me puso la mano en el brazo y se rió.

—Déjeme traerle un martini, tan suave como la seda y tan frío como enero. Un martini nunca le hace daño a nadie—. Se hizo a un lado. —Por favor— dijo señalando hacia el interior de la habitación. —El señor Wenn la está esperando.

CAPÍTULO DOCE

Cuando entré en la habitación en penumbra pude sentir un leve olor a cuero y un aún más leve olor a humo de cigarro, ninguno de los dos desagradables. Al contrario, el efecto era casi tranquilizador.

No había ventanas, solo unas paredes de paneles con cuadros y una lámpara Tiffany, que proyectaba una luz cálida de diferentes tonalidades, sobre una mesa justo a mi derecha. Enfrente de mí, la silueta vaga de un hombre se movió hacia la luz mientras Ann cerraba la puerta detrás de mí.

—¿Señor Wenn?— pregunté.

—Soy Alex— dijo. Su voz era grave y suave. —Me alegro de que hayas decidido venir, Jennifer, especialmente después de tu experiencia del otro día con la señora Blackwell. Me disculpo por eso. Espero que hoy haya estado más amable contigo.

Cuando su cara se hizo visible, el tiempo pareció correr más despacio, lo suficiente cómo para perderme en mis pensamientos. No podía ser él, pero lo era. Este hombre fue el hombre que me ayudó en la calle cuando mi maletín salió por los aires la última vez que estuve aquí. Este era el hombre que corrió por la acera para recuperar lo que pudo de mis currículos. Este fue el hombre que me atrajo instantáneamente cuando lo vi caminar hacia mí con el brillo del sudor en su cara cincelada, ahora cubierta con la misma barba oscura de dos días que yo recordaba. Pensé que se parecía al diseñador Tom Ford, pero aún mejor.

La señora Blackwell me vino a la memoria y ahora entendía lo que quiso decir: *mantenga la cabeza fría.*

No estaba segura de que esto fuera real, sin embargo me esforcé para mantener una expresión neutra mientras le extendía la mano.

—Toda una sorpresa— dije.

Me estrechó la mano y, cuando lo hizo, su enorme mano pareció engullir la mía.

—Si esta fuera una entrevista diferente con una mujer distinta, no te habría creído. Pero el otro día, era obvio que no sabías quién era yo, tampoco importa. De todas formas, lo cierto es que no pasa a menudo. En nuestro breve momento de caos del otro día me sentí de nuevo como un niño. Contigo, me siento anónimo—. Gesticuló alrededor de la oficina. —Fue como si nada de esto tuviera importancia, y no la tiene. Al menos no para mí.

No sabía qué decir y no dije nada.

—Por favor— dijo soltando mi mano. —Siéntate conmigo.

Señaló dos sillas confortables que parecían de piel, una enfrente de la otra en el centro de la habitación y mesillas con lámparas bajas a cada lado. Lo seguí todavía sin poder crear que esto estuviera pasando. Me había conocido en mi peor momento: rendida, frustrada y vulnerable. Él sabía que había estado llorando cuando entró al ascensor ese día. Me vio estrellarme contra aquel hombre y sabía que eso había pasado porque había vuelto la cabeza para mirarlo.

¿Qué estoy haciendo aquí?

Tomé una de las sillas y me hundí en ella. Era firme pero confortable. El cuero frío se sentía bien contra mi piel, especialmente cuando crucé las piernas y presioné las pantorrillas contra el borde de la silla. Sentí un estremecimiento.

¿O era debido a él?

Lo miré cuando se estaba sentando. Llevaba puesto un traje negro que ocultaba un trasero firme y musculoso. Su corbata azul cobalto resaltaba la intensidad de sus ojos azul verdosos que ahora estaban enmarcados por el resplandor de las lámparas que tenía a ambos lados. Pareció estar estudiándome por un instante. Con una confianza que nunca me imaginé tener, hice lo mismo.

—Te voy a ser sincero— dijo. —El otro día, cuando te fuiste, fui inmediatamente donde Blackwell y le pedí tu currículo. Vi que eras de Maine.

—Lo soy.

—¿Lo extrañas?

Pensé en mis padres y luego en los pocos amigos que había dejado atrás. —Algunas cosas.

—¿Cuáles?

—Las cosas buenas.

Se sonrió y luego giró la cabeza cuando alguien tocó a la puerta. —Adelante, Ann— dijo.

La puerta se abrió y Ann entró con una bandeja de plata sobre la cual había dos flamantes martinis. Me parecía demasiado majestuosa y elegante y despertaba de nuevo en mí la inseguridad que estaba tratando de ocultar. *Obsérvala*, pensé. *Aprende de ella. Mira cómo se mueve. Así es cuando se está arriba. Esto es lo que él espera de ti.*

Ella me alcanzó un martini que puse sobre la mesa que tenía a un lado. Luego se volvió para darle a Alex el suyo.

—Gracias, Ann.

Asintió levemente y abandonó la habitación. Cuando sonó el cierre de la puerta, él levantó su vaso hacia mí. —Por nuevas posibilidades— dijo.

Levanté mi copa y me eché hacia adelante para brindar. Tomamos un sorbo y, según lo prometido, el líquido estaba suave y frío. Sin embargo, me sentía como una impostora. No tenía la mitad de la sofisticación de Ann y ¿estaba aquí para remplazarla? ¡Imposible!

Yo no estoy a este nivel. ¿Martinis al mediodía? ¿Quién hace eso?

La respuesta era obvia.

El señor Wenn lo hace.

Lo miré y vi que me observaba de una forma tan directa que era a la vez excitante e intimidante. Era más que guapo. Parecía como salido de una página de *GQ*. O de la misma portada.

—Vi en tu currículo que tienes una maestría en Administración de Empresas.

—Así es.

—¿Qué esperabas encontrar aquí en Manhattan?

—¿Para empezar? Un trabajo. Pero hasta ahora, ha sido en vano.

—¿Por qué crees que ha sido así?

—Si lo supiera ya tendría un trabajo.

—No me puedo imaginar por qué habrías de tener dificultad en encontrar trabajo aquí.

Me acordé de lo que me dijo la Blackwell el otro día y lo dije como una posible explicación. —La economía está en el hoyo.

—No para alguien como tú. Yo creo que tú debes de intimidar a la gente.

¿Por qué me la paso escuchando esto? —¿Cómo?

El encogió los hombros y le dio un sorbo a su bebida, pero no respondió. —¿Qué esperabas encontrar en Wenn? Tengo entendido que pasaste la solicitud para un cargo de secretaria. ¿Por qué?

—Para ser franca porque necesito el dinero. Estoy aquí desde mayo. El dinero comienza a escasear y una chica como yo necesita trabajar. Pensé que, si tuviera una oportunidad, alguien vería que tengo unos talentos que van más allá de contestar el teléfono y entonces podría conseguir un mejor puesto en la organización.

—¿Sabes? Si le hubiera preguntado esto a otra persona me hubiera contado cualquier historia.

—No es mi carácter.

—Me imagino que eso es lo que significa ser una chica de Maine.

—Hay cierta ética en el lugar de donde vengo.

—Lo sé. Cuando mis padres vivían, teníamos una casa de verano en Hancock Point. La verdad es que todavía la tengo pero hace años que no voy porque he estado muy ocupado.

—Es un lugar muy bonito. Seguro que le encantaba ir.

—Si. Cuando era niño pasaba casi todos los veranos en Maine. Al principio algunas personas se molestaban conmigo porque era uno de esos veraneantes, pero con el tiempo eso pasó. La gente de quien me hice amigo era de ahí. Llegué a conocerlos y a jugar con ellos, para disgusto de mi madre que era una esnob. A través de mis amigos me di cuenta de lo afortunado y desafortunado que era. Tenía comida en abundancia, algo que la mayoría de mis amigos no tenían. Pero mis amigos tenían amistades duraderas, algo que yo no tenía debido a quién era mi familia. Maine me ofreció una perspectiva diferente del mundo.

—¿Y Manhattan?

—Es otra perspectiva. Es despiadada. Aquí no siento nada. Si pudiera retirarme al campo o cerca al mar, lo haría. Pero aparentemente mi destino es cargar con el legado de mi padre, lo cual fue decretado en su testamento sin que yo lo supiera—. Levantó las cejas. —Bueno, y esto es información "sin historias" sobre mi. Creo que ahora estamos empatados.

A pesar de todo lo que había mostrado de sí, yo sentía que esto era solo la cabeza visible de lo que quiera que fuera que lo llevó a compartirlo conmigo. Su voz sonaba casi entrecortada cuando me habló. No me parecía que fuera feliz, lo cual me intrigaba. Este hombre lo tenía todo, aparentemente. ¡Era un multimillonario con su propio edificio en la Quinta avenida, por amor de Dios! Pero había un aire inconfundible de tristeza en él que yo probablemente nunca entendería. Su respuesta "sin historias" respuesta revelaba algo, pero no todo. Había algo misterioso en él, un trasfondo de algo más oscuro que yo probablemente nunca identificaría. Me parecía que era alguien que haría todo lo posible por proteger su intimidad, lo cual debería hacer. Lo que él me ofreció fue solo una muestra, sin embargo agradecí su esfuerzo por hacerme sentir cómoda.

—Tengo que ser sincero contigo, Jennifer.

Eso me llamó la atención. ¿Me había estado mintiendo? Si así era, ¿acerca de qué? —¿Respecto a qué?

—Te pedí que vinieras porque necesitaba estar seguro de que tú eras la indicada.

—¿Para el puesto de asistente ejecutiva, quiere decir?— Me llevé la mano detrás de la cabeza e hice lo que me aconsejó Blackwell que hiciera. Me saqué la larga alfiler negra del pelo y sacudí la cabeza sin quitarle la mirada. Sentí el peso de mi pelo sobre mi espalda, pero mi atención permanecía en él. Constante y firme.

Me miró, terminó su martini de un solo trago y apartó la mirada. Parecía incómodo y distraído. —Me piden que asista a muchos eventos sociales— dijo. —Varios cada semana, en muchos de los cuales termino haciendo algún negocio para Wenn. De hecho hay una fiesta esta noche. No me gusta ir pues termino yendo solo. Las mujeres tratan de pegárseme y yo sé lo que quieren. No están interesadas en mí. Lo que quieren es el dinero y la notoriedad que implica estar conmigo. Sé que esto suena arrogante, pero es de todas formas la verdad y lo detesto. En ninguno de esos eventos hay una sola mujer que esté interesada en mí como persona. Lo único que ven es una cuenta bancaria y un estilo de vida. Yo no busco una asistente ejecutiva, Jennifer. Lo que estoy buscando es una mujer bonita como tú que asista conmigo a estos eventos y, por muy ridículo que parezca, aparente ser alguien con quien estoy saliendo.

Se me cayó el alma a los pies. —¿Me estás pidiendo que sea tu acompañante?

—Si estás usando la palabra acompañante en el sentido tradicional, absolutamente no. Esto no tiene nada que ver con sexo, y nunca te insultaría de esa manera. Todo lo que estoy buscando es una acompañante muy bien remunerada que mantenga a raya a las lobas para que yo pueda conocer a las personas que necesito conocer y mueva la empresa hacia adelante cerrando los negocios que necesito cerrar en esos eventos. Te estoy pidiendo que te hagas pasar por mi novia. Pero solo será una pantomima. Sí, de vez en cuando tendremos que cogernos de la mano para aparentar. Incluso podría besarte en la mejilla. Tiene que haber algún tipo de indicio físico que diga que somos pareja pero solo haré lo que no te haga sentir incómoda. Si es solamente cogernos de la mano, susurrarte algo al oído, reírnos juntos o tal vez bailar, eso es todo. Yo no cruzaré la línea que tú marques. Solo tú y yo sabremos esto, pero la gente tiene que creer que somos felices juntos y que hay química entre los dos. Yo creo que ya existe. Cuando termine el evento, te llevo a tu casa, nos despedimos y Ann o la señora Blackwell se pondrán en contacto contigo para el siguiente evento. Mira— dijo, —esto te puede sonar descabellado pero me parece que no tengo otra opción. No estoy interesado en salir con nadie en este momento ni en un futuro cercano. Quiero concentrarme en mi trabajo y quiero que me dejen solo para hacerlo. No quiero que las mujeres me distraigan. No quiero estar envuelto en una relación amorosa. Eso solo echa a perder las cosas. ¿Tiene sentido lo que digo?

—¿De qué manera echa a perder las cosas?

No respondió a mi pregunta. —Solo quiero saber si tiene sentido para ti.

—Supongo que sí, de una manera un poco descabellada—. Y lo tenía. Podía ver por qué las mujeres se lanzaban sobre él. Era uno de los hombres más apuestos que había visto en mi vida. Y seguramente yo no era la única que pensaba esto. Podía ver cómo las mujeres se le acercaban y trataban de llegarle, y cómo esto podía ser una interrupción indeseada.

—Espero no haberte ofendido— dijo.

Me levanté el pelo por detrás. Sentía calor en la nunca. Lo eché hacia el hombro derecho y se onduló sobre mi pecho. —Me sorprendiste. No esperaba esto.

—Yo te encuentro muy guapa, Jennifer. Y pareces una buena persona, lo cual es importante para mí. Me gusta que seas de Maine. Eso también tiene peso para mí. Te agradecería que consideraras este trabajo.

—En un currículo, ¿cómo se verá, exactamente?

—Como mi asistente ejecutiva. O el título que quieras, eso no importa. Si piensas que esto no es para ti, te puedo encontrar otro trabajo en la compañía con el mismo salario. Sin rencor. Estoy seguro de que hay algún puesto de nivel ejecutivo que la señora Blackwell puede encontrar o crear para ti aquí. Pero necesito que le des a esto una oportunidad, primero.

—¿Una oportunidad por cuánto tiempo?

—Tres meses.

—¿Cuántos eventos por semana?

—Puede haber hasta cinco. La mayor parte de la semana, esencialmente seremos inseparables durante las noches.

Recordé a Blackwell. *Mantenga la cabeza fría y la actitud abierta. Piense "expectativas". Piense "futuro". No sea tonta y no le dé muchas vueltas.*

—¿Esto es estrictamente platónico, no?— pregunté

—Estrictamente.

—Preferiría que no me besaras—. *Porque me temo que si me besas, voy a querer más.*

—Lo que te haga sentir cómoda.

—Cogernos de la mano está bien. De hecho, bailar sería muy agradable. Hace mucho tiempo que no bailo.

—Lo mismo que yo.

—Entonces podemos bailar. Entiendo la situación. Debe parecer que somos pareja. Me puedes susurrar algo al oído, si quieres. Podemos cogernos de la mano y me puedes poner la mano en la espalda. Pero hasta ahí debe llegar.

—¿Algo más?

—Con eso debería ser suficiente. Te advierto que no soy una buena actriz.

—Yo tampoco soy un buen actor. Supongo que cada uno tendrá que encontrar la manera. Pero hay química entre los dos, Jennifer. Lo vi en tu cara cuando te volviste al salir del edificio el otro día. Tú seguramente también lo viste en mí.

—Estaba muy ocupada recogiendo currículos— mentí.

—Si aceptas este trabajo, no vas a necesitarlos nunca más.

No seas tonta y no le des muchas vueltas.

Lo miré y decidí probar lo en serio que hablaba. —Está bien— dije, —lo acepto. Pero el salario necesita ser ajustado a trescientos mil dólares.

Ni pestañeó. —Está bien.

¿Me estás tomando el pelo? Permanecí inmutable. —Perfecto. ¿Cuándo empiezo?

—Esta noche— dijo. —Hay un evento en The Four Seasons a las ocho.

—¿Esta noche?— dije. —Pero no tengo nada para ponerme.

—Pronto lo tendrás. La señora Blackwell se encargara de eso ahora. Compra lo que quieras. Ella tiene estilo y sabe qué debes llevar puesto para una ocasión como la de esta noche. Mañana por la mañana, van las dos de compras para el resto de la semana. Te quedas con la ropa y todo el resto de cosas que compres, son tuyas. Lo único que necesito es estar seguro de que nunca vas a ponerte algo dos veces.

—¿Le dices eso a una mujer como si fuera un inconveniente?

—Tienes razón.

—¿Puedo quedarme con la ropa?

—Y las joyas.

—¿También hay joyas?

Me sonrió, y aunque yo sabía que no debería reaccionar a esa sonrisa, de todas formas me atravesó como una cuchilla. Se veía devastadoramente apuesto cuando sonreía. Pero por más que me sintiera atraída hacia él, sabía que tenía que pensar en él más como un hermano. No me podía enamorar. Esto era una transacción de negocios. Punto. Así es como él lo veía, y así es como yo necesitaba verlo.

—Hay muchas joyas en todo esto— dijo. —Mi novia debe tener lo mejor de todo, ¿no?

—Supongo que sí.

—La señora Blackwell se hará cargo de esto también.

—¿Voy a usar mi propio nombre?

—Sí. Y tu propia historia. Tú eres de Maine, habla de eso cuando quieras. Te graduaste hace poco con tu maestría en negocios, habla de eso también. La señora Blackwell tiene todos los detalles de cómo nos conocimos. Asegúrate de leerlos con cuidado y memorizarlos—. Me guiñó un ojo. —Tenemos que tener nuestro número montado, Jennifer. Necesitamos hacer que las lobas se lo crean para poder hacer mi trabajo.

CAPÍTULO TRECE

—Bueno, bueno— dijo la señora Blackwell. —Tiene el pelo suelto. Me imagino que aceptó el trabajo. ¿No? Por supuesto que sí. ¡Muy bien!

Yo estaba parada fuera de su oficina, acababa de salir de la reunión con Alex. Estaba un poco aturdida pero traté de ocultarlo. Blackwell, aguda como siempre, lo vio de todas formas.

—Va a estar bien— dijo. —Tiene que admitirlo es un buen trabajo. Yo creo que le va a gustar. Conozco a Alex desde que era un niño. Es un buen hombre y tiene un gran corazón, el cual trata de proteger a toda costa. Por eso este nuevo puesto para usted. Después de todo por lo que ha pasado no quiere involucrarse con nadie ahora. Lo distrae mucho. Pero es un caballero y va ser correcto con usted, Jennifer—. Levantó una ceja. —Me imagino que puedo llamarla Jennifer.

—Por supuesto.

—Por mi parte, yo siempre seré la señora Blackwell.

No pude contener una sonrisa. *Seguramente por eso es que se está divorciando.*

— No hay problema.

Se retocó el pelo teñido de negro y cortado de forma recta y angulosa por encima de los hombros que iba muy bien con su personalidad. —No es momento de echar a perder la reputación de dura que tengo por aquí, ¿verdad? Usted me entiende.

Se levantó y cogió las gafas que estaban cerca del ordenador. —Oí que nos vamos de compras— dijo. —Y no tenemos mucho tiempo antes de que anochezca. Así que, ¿adónde vamos primero? ¿Bergdorf? Difícil equivocarse ahí. Y luego, yo creo que Cartier. Unos pendientes con diamantes. Un anillo bonito y una pulsera. Y claro un collar. Algo clásico. Eso es lo apropiado para esta noche.

—Me dijo que podía quedarme con todo.

—Así es. Beneficios adicionales. Y no lo olvide, querida. Él es un multimillonario. Lo que compre hoy, mañana y más adelante es como una gota en un océano para Wenn.

Agarró una hoja de papel que estaba sobre el escritorio y me la entregó. —Así fue cómo se conocieron. En el coche, encárguese de memorizarlo. No es muy largo, pero tiene que saberlo bien. Lo va a soltar a menudo cuando estén juntos esta noche. Tengo el presentimiento que les va a tocar improvisar a los dos. Pero lo que hay en esta hoja es su guion. No se desvíe de él.

—Entendido.

—Un coche nos está esperando abajo. ¿Qué hora es?— Miró su reloj. —Por Dios. Ya es más de la una. Tenemos que movernos. Esta noche es importante para él y no lo vamos a decepcionar.

—¿Qué hay esta noche?

—Otra reunión de beneficencia. Esta es para apoyar el Met, es uno de los acontecimientos más importantes. No es su fiesta de gala, por eso es en el Four Seasons, pero todo el mundo estará allá. Intimidante, ¿no?. Es otra manera para él de hacer el tipo de conexiones que mantengan a la Wenn Enterprises avanzando puestos. Él nunca quiso el cargo que le impuso su padre, pero Alex siempre hace lo que toca, a pesar de cómo lo trataron sus padres. Él está decidido a mantener la compañía creciendo, pero últimamente ha sido difícil. Demasiadas mujeres tratando de llamar la atención del buen partido. Es ahí donde usted entra en acción.

—Es lo que entendí.

—Vamos, princesa— dijo la señora Blackwell pasando por delante de mí.

—Necesitamos un vestido, unos zapatos, ropa interior y joyas, en ese orden. Y urgentemente. No sé cómo vamos a meter ese trasero suyo en un vestido sin tener que arreglarlo, pero lo haremos. Y, no, no fue un insulto. Fue envidia. Cualquier mujer desearía tener un cuerpo como el suyo.

—¿Por qué yo no lo siento así?

—¿De verdad, Maine? ¿De verdad? Usted necesita limpiar sus espejos o mandarse examinar la cabeza. ¡Será posible! Vamos.

FUERA DEL EDIFICIO nos estaba esperando en la acera una limusina negra alargada, y de nuevo, quedé asombrada de lo rápido que mi vida había cambiado.

—Bergdorf— le dijo la señora Blackwell al conductor, que nos sostenía la puerta de atrás abierta. —Tenemos que darnos prisa. *¡Rápidamente!*

Me senté a su lado, el conductor se subió y tomamos por la Quinta hacia abajo para cortar por la Sexta y así dar la vuelta para dirigirnos a nuestro destino.

—Lea sus notas— dijo Blackwell.

—Eso estoy haciendo.

—No pierda ni una palabra.

—Trato de hacerlo. No hay que ser exactamente un genio para entenderlo, solo son tres párrafos.

—Lo simplificamos para usted.

Le lancé una mirada. —Podría haberlo complicado y de todas formas lo hubiera agarrado.

—Maine— dijo la señora Blackwell, prolongando la palabra con exasperación.

—Maine, Maine, Maine. Deje de ser tan sensible. Lo simplificamos para no agobiarla en su primera noche. Y de todas maneras lo estará por una buena razón. Este es un nuevo mundo para usted. Solo tratamos de ayudarla. ¡Por Dios!

—Lo lamento.

—¡Lea!

CUANDO LLEGAMOS A BERGDORF, la señora Blackwell derrochaba energía.

—Valentino— dijo mientras corría por la tienda. —Este hombre entiende a las mujeres. Aprecia las curvas, o al menos las suyas. Yo soy como un palo. Pero mire lo que hizo con Sofía. Ningún palo, y sin embargo un icono. Él entiende cómo debe vestir una mujer. Si tenemos suerte, encontraremos algo, le quedará bien y luego podemos salir corriendo y buscar unos zapatos. Eso va a ser más fácil. Esperemos, después de todo, maldita sea, es Dior. Después la ropa interior, que tiene que tener algo de Spanx. Le moldeará muy bien la figura, claro que no va a poder respirar, lo cual a mí no me importa y no le debería de importar a usted tampoco. Considérelo como una concesión para verse estupenda. Después salimos de aquí y nos vamos a ver lo realmente bueno en Cartier.

Cogimos el ascensor. La señora Blackwell cruzó los brazos y con el pie dio golpecitos al suelo mientras subíamos. Las puertas se abrieron y la seguí cuando se dirigía arrolladora hacia la sección de Valentino.

—Alguien— dijo sin dirigirse a nadie en particular. —Necesito a alguien que me atienda inmediatamente. Ya mismo—. Chasqueó los dedos por encima de su cabeza.

—¡Hola! Necesitamos ayuda aquí. Dejen de *sextear*. Y, sí, dije *sextear*. Yo sé cómo son ustedes, los jóvenes. Pueden hacerlo a la hora de almuerzo. Seguramente se están sexteando entre ustedes mismos y no lo saben. ¡Por Dios!

Una chica joven apareció a nuestro lado. Era toda una modelo: alta, huesos finos, piel cremosa, pelo rubio claro. Si estaba molesta por los reclamos de la señora Blackwell, no lo demostró. Tenía dibujada una medio sonrisa en su cara. —¿En qué la puedo ayudar?

—Valentino— dijo ella. —Algo negro. Un vestido de noche. Muy bonito, muy elegante, muy Valentino. Lo más, lo más, lo más—. Señaló mis nalgas. —Y tiene que caber esto.

Me sonrojé.

La mujer me evaluó por detrás, lo cual me hizo sentir ridícula, y dijo: —Creo que tengo algo. Llegó hace una semana. Es poco convencional, pero espectacular. No está aquí en el piso, pero las puedo llevar hasta donde está.

—Como si fuéramos a un velatorio— dijo Blackwell.

—¿Perdón?

—Ya sabe, un cadáver. Un velatorio—. Frunció el ceño. —Pero usted no sabe, claro, es demasiado joven. La idea de la muerte no significa nada para usted. Pero lo significará, solo espere y verá.

La seguimos hasta un vestidor circular. Había un pedestal en el centro de la habitación y espejos largos alrededor. Uno de los espejos era una puerta. La mujer la abrió, desapareció por un momento y regresó con el vestido colgado de su brazo. —Es exquisito— dijo. Lo extendió para que lo pudiéramos ver bien y le dio la vuelta lentamente.

—Es espectacular —dijo.

La señora Blackwell comenzó a estudiarlo detenidamente. —Corpiño de cuero. Sin mangas. Encaje en el cuello. Una falda de tul en capas con detalles de encaje de seda. La espalda es preciosa. Mire el trabajo del encaje, Jennifer. Qué intrincado. Qué bonito. Obviamente hecho a mano. ¡Ah, Valentino! Ningún cadáver por aquí. Divino—. Sus ojos se clavaron en los míos. —¿Qué talla es usted?

—Cinco.

Miró a la vendedora. —¿Le puede ir este?

—Puede que sí.

—Desvístase— dijo Blackwell. —Nos lo vamos a poner aquí mismo.

Había pasado suficiente tiempo en el gimnasio para no sentirme incómoda desvistiéndome delante de dos mujeres. Me quité el vestido y lo tendí sobre una de las sillas que estaba detrás de mí mientras veía como Blackwell examinaba mi cuerpo. Y luego, con la ayuda de la vendedora, me puse el vestido.

—Bueno, es precioso— dijo Blackwell. —Pero tiene que ajustarlo un poco. De alguna manera, le queda bien de trasero, lo cual es un milagro, pero tienen que ajustar el corpiño. ¿No le parece?

No me preguntó a mí. Le preguntó a la vendedora, que asintió.

—Le puedo pedir a nuestro sastre que venga y se lo podemos tener listo para dentro de una semana.

—Necesito que esté listo en una hora— dijo Blackwell.

—No creo que eso sea posible, señora.

—¿Cuánto vale el vestido?

—Doce mil.

Sentí que la garganta se me cerraba.

—Le pagamos veinte mil si lo tienen en una hora. ¿Puede hacer algo o tengo que hablar con el gerente?

—Déme cinco minutos— dijo y me dejó sola con Blackwell.

—El dinero no habla, pero siempre tiene algo que decir— dijo Blackwell.

—¿Veinte mil dólares?— dije. —¿Por un vestido?

—Jennifer, esto no es nada. Déjelo así. Ahora, dese la vuelta. Déjeme ver.

Lo hice.

—Gire a la izquierda.

Lo hice.

—Ahora míreme de frente.

Me puse de frente.

—Este es, y en el primer intento. ¿Cómo puede ser posible?

—Creo que fue la idea de la vendedora.

—Tuvo visión, se lo reconozco. Ahora, tiene que conseguirme un sastre.

La mujer lo hizo, Blackwell sonrió y comenzó el arreglo.

CUANDO TERMINAMOS, encontramos el par perfecto de sandalias Bakhita de Manolo Blahnik, con doble hebilla y un tacón de cinco centímetros. Me encantaron cuando las vi y respiré aliviada cuando Blackwell estuvo de acuerdo. Luego fuimos a la sección de ropa interior y ella la asaltó con placer. Pagamos por todo y salimos del edificio rumbo a Cartier, donde Blackwell no perdió tiempo alguno en encontrar exactamente lo que quería. No me volvió a consultar nada.

—Ese anillo— le dijo al vendedor. —Ese collar. Esa pulsera. Esos broches.

Me probé todo y me miré en un gran espejo rectangular cromado. *Esto no puede estar pasando de verdad*, pensé mientras oprimía entre mis dedos el collar de diamantes. *Esto es un sueño.*

—Hasta el anillo le queda bien— dijo Blackwell. —Vuélvase hacia mi.

Hice lo que me dijo. —Bonitas, pero la próxima vez buscamos algo mejor—. Se volvió para hablar con el vendedor. —Nos llevamos todo.

Para cuando salimos con los paquetes y nos montamos en la limusina que nos estaba esperando, Blackwell había ventilado más de ciento cincuenta mil dólares en joyas.

—Ahora ya tiene todo— dijo. —Nos vamos a arreglar en mi oficina. ¿Cómo se pudo hacer tan tarde tan rápidamente? Tenemos que apresurarnos. Nos quedan solo dos horas antes de que se encuentre con él.

—¿Dónde nos vamos a encontrar?

—Usted va a coger el ascensor para el piso cuarenta y siete a las ocho. El estará ahí para recibirla.

Sacó el móvil de su bolso Birkin, marcó un número y dijo: —Bernie, soy Blackwell. Un poco estresada pero sigo divinamente, divinamente, divinamente. Siempre divina. Oye, divina pero también en un apuro. ¿Me puedes ayudar con un peinado y maquillaje? Te pago lo que pidas. No, no es para mí. Es para una chica preciosa llamada Jennifer Kent. Vas a oír hablar mucho de ella mañana, créeme. Sí, es muy bonita. No se va a necesitar mucho trabajo, pero estamos cortos de tiempo y te necesito ya. ¡Oh, ya veo! ¿Puedes cancelarle su cita, mi amor? ¿Por mí? Tú ya conoces mis propinas. Sí, estoy segura de que le va a causar molestias a ella, pero Bernie, no tienes ni la menor idea cuanto te necesito ahora mismo. Ya lo habrás notado por mi voz. Estoy al borde. Desesperada. Te lo ruego. No me desanimes. Perfecto. Tú eres una salvación. ¿Qué dices? Tiene el pelo negro, recién teñido según parece. No, no estamos lidiando con un teñido en el fregadero de la cocina. Está bien hecho, lo reconozco. Perfecto, en mi oficina. Treinta minutos. Te adoro, te adoro, te adoro.

Colgó el móvil y se recostó contra el sillón de cuero. —Kent, usted me está matando—. Levantó su mano antes de que yo pudiera hablar. —No se disculpe. Y menos discuta. La lanzaron en medio de un sunami. Lo sé. Estoy solo tratando de sacarla de ahí. Creo que Alex va a estar contento, ¿no cree?

—No puedo esperar a ver como se ve todo junto.

—Va a marchar. Ya verá. Tengo buen ojo. No se preocupe. Y gracias a Dios que tenemos a Bernie. Es un mago. No se va a reconocer cuando él termine. Él se va asegurar de que todas las otras mujeres se pongan verdes de la envidia cuando se pare al lado de Alex. Y este es el objetivo, ¿no es cierto? ¿Cómo me dijo Alex? ¡Oh, sí! Mantener a raya a las lobas. Eso es lo que usted hará. Esta noche, la veo con ojos grisáceos y labios carnosos, así como yo lo hacía en el recreo cuando era niña. Solo que en esa época no era con cosméticos. Por lo general se hacían a punta de patadas y puños. Bueno, ahora lea sus notas.

Lo hice, pero anhelaba hablar con Lisa. Cuando regresáramos a Wenn, me iba a excusar para ir al baño y llamarla desde uno de los cubículos. Ya debe estar preocupada por mí. Necesito contactar con ella antes de que comience *el partido*.

—NO LO PUEDO CREER— dijo Lisa.

Yo estaba en un baño en el piso cincuenta y uno. Fui hasta el último cubículo y me alegró encontrar que, al menos por un momento, el baño estaba desocupado.

—Créelo.

—Es demasiado.

—Ponte en mi lugar.

—¡Me gustaría!

Hablé en voz baja. —Te estoy dando solo una versión abreviada pues la Kraken me está esperando. No sé a qué hora voy a estar de vuelta en el apartamento esta noche. No me esperes despierta.

—Te estaré esperando despierta. ¿Estás segura de que vas a estar a salvo?

—Ya te dije a dónde voy a ir, con quién voy a estar, etcétera. Si algo me sucede, que lo dudo, tienes los detalles. Mira, mejor me voy. Ya llevo mucho tiempo aquí. Se va a poner histérica. Nos vemos esta noche.

—Buena suerte.

Colgué el teléfono. De hecho, usé el baño, me lavé las manos y regresé a la oficina de Blackwell.

—Le llevó un buen tiempo— dijo.

—Estuvimos fuera durante horas. Puede apodarme El Niágara si quiere.

—Comentario innecesario. Bernie va a llegar en pocos minutos. Conseguí una sala de conferencias para nosotros. La luz es mejor ahí y tendremos privacidad. No hay ventanas. Le dije a mantenimiento que nos trajera unos espejos.

—Gracias.

—Es mi trabajo, Maine—. Su rostro se suavizó. —Pero de nada. Ha estado muy profesional hoy. Se lo agradezco.

¿Un cumplido de parte de Blackwell? Obviamente, después de cuatro largos meses tratando de lograr algo en la ciudad, estaba en camino de una manera para la que yo esperaba estar preparada. Pero posiblemente no estaba.

CAPÍTULO CATORCE

Poco antes de las ocho, estaba de pie frente a un espejo y no podía creer en la persona que me había convertido. Desde el vestido hasta los diamantes, el pelo recogido hacia arriba y el maquillaje, me veía como la mujer sofisticada que siempre había querido ser pero rara vez experimentado. Sobre todo, después de haber sido humillada por mi padre durante años y rechazada cientos de veces en los últimos cuatro meses.

Pero la mujer que ahora veía me daba confianza. Giré frente al espejo y admiré de nuevo el vestido. Después miré a Blackwell, que estaba sola conmigo pues Bernie ya se había ido.

—¿Qué opina?— pregunté.

—Creo que le va a romper el corazón a alguien.

Fruncí el ceño. —¿A quién?

—Tal vez a usted misma.

—No entiendo.

—Solo recuerde que esto es un trabajo. Es el mejor consejo que puedo darle. Usted está actuando. Nada más. No infiera lo que no debe pues él no lo va a hacer. Usted es para él un medio para un fin.

—¿Está hablando de Alex?

—¿De quién si no?

—Pero ya hemos hablamos del trabajo. Entiendo la situación. Es puramente profesional.

—Usted es todavía joven—dijo. —Y aunque inteligente, probablemente un poco ingenua, lo cual es natural. Si se deja arrastrar por la corriente, si él la toca y usted siente que responde, recuerde que esto es un trabajo. Hágalo y todo va a salir bien, se lo puedo prometer, Jennifer. Cuando esté con usted, Alex solo va a seguir lo que usted haga. Él es un buen hombre pero en este momento está enfocado en su trabajo. El trabajo es todo lo que tiene. El trabajo es todo lo que puede manejar. Usted no es más que un objeto para él. Suena duro, pero es la verdad. En apariencia, harán una pareja preciosa, la gente lo va a creer así y usted va a ganar su salario gracias a eso. Lo que puede arruinar todo para usted es que se sienta emocionalmente vinculada. Él se va a dar cuenta inmediatamente y la despedirá por eso.

—¿Por qué únicamente puede con el trabajo?

—Solo confíe en lo que le digo.

—Lo dice como si algo le hubiera sucedido en el pasado.

—Está sacando conclusiones muy rápidamente.

Pero me di cuenta que no era así. Había algo sobre él que ella no me había querido decir. Con todo el aplomo que Blackwell tenía, ni siquiera ella podía ocultar este secreto.

¿Pero qué importancia tiene esto? Pensé. *Necesito el trabajo. Ella me está diciendo esto por alguna razón. Eso está bien. A pesar de lo atractivo que es, soy solo un objeto para él. Eso vale más que un cuarto de millón al año, sin incluir los beneficios. Conoceré gente a través de él. Haré contactos importantes. Esto es solo el comienzo para mí.*

—Debo irme— le dije. —Son casi las ocho.

Se acercó a una mesa y sacó un elegante bolso de mano negro de cuentas.

—Se nos olvidó conseguir uno de estos hoy— dijo entregándomelo. —Es mío. Lo puede tomar prestado. Judith Leiber. Bernie dejó una barra de labios y unas pastillas de menta adentro. Eso es todo lo que debe necesitar.

—Supongo que una petaca no cabe aquí.

—Muy graciosa.

—O algo de Valium.

—No pensé en eso...

—Pero, ¿algún perfume?

—Bernie le puso un poco. El perfume solo debería ser una experiencia íntima. Piense en él como en un secreto entre usted y su pareja. Solo él debería olerlo. Nadie más.

—Pero ese será Alex— dije.

—Así será, pero no se preocupe. Él no se va a dar cuenta. Se lo puedo prometer.

CAPÍTULO QUINCE

Me despedí de Blackwell y me recordó que debía estar preparada para ir de compras mañana, ya que tenía otro evento por la noche. Entré al ascensor.

Faltaba un minuto para las ocho y a pesar de lo caótico que había sido el día y de que estaba muerta de hambre porque no había comido nada, había sobrevivido. No obstante, Blackwell fue la que lo hizo posible. Cualquiera que fuera mi impresión inicial de ella, tenía que reconocérselo. Sin su ayuda no estaría allí en este momento ni me vería como me veía. Me veía mejor que nunca y todo gracias a su ojo y su amistad con Bernie, que tenía tanto de genio como de artista.

Pero estaba nerviosa.

Después de oprimir el botón para el piso cuarenta y siete, sentí que el ascensor se desplomaba al igual que mis tripas. ¿Qué pensaría? ¿Le agradaría lo que vería? ¿Pasaría la inspección? No puedo darme el lujo de perder el trabajo, especialmente este trabajo. Aunque estuviera solo durante una semana con él, con ese cheque me sostendría durante un mes. Y luego están las joyas.

Soy un objeto, me dije a mí misma. *Eso es todo lo que soy. Pero sigo siendo encantadora. Sigo siendo dulce. Sigo siendo Jennifer. Para la gente, estamos hechos el uno para el otro, aunque este no sea el caso. Eso es lo que tengo que vender.*

Y esto era lo que pretendía vender.

Cuando el ascensor empezó a detenerse y las puertas comenzaron a abrirse, mi corazón retumbó en mis oídos. Alex estaba esperando a la salida del ascensor, vestido de etiqueta, como había prometido. Tenía una sonrisa en el rostro y las manos en los bolsillos. Estaba muy guapo y sentí que el corazón se me salía.

—¿Jennifer?— preguntó.

—El pedido está listo.

—Muy graciosa. Estás preciosa. Sal un momento. Déjame verte.

Salí del ascensor y, porque me mataran si iba a dejar de ser yo misma, dí una vuelta enfrente de él. —Esto es como una experiencia extra sensorial para mí— dije.

—Yo nunca me he visto así.

—Yo lo veo más como una experiencia de introspección. Esta eres tú. No sé qué decir. Sabía que estarías... —. Se detuvo. —Quiero decir, no había duda... —. Meneó la cabeza. —No importa. Gracias por tomarte tantas molestias. No podía pedir más. Voy a tener a la mujer más hermosa en mis brazos esta noche. No te puedo decir lo que esto significa para mí.

—Que *vas* a ser capaz de hacer *tu* trabajo— dije.

Hizo una pausa y luego asintió. —Correcto.

—De eso se trata todo esto. Mantendremos las lobas a raya. ¿Te gusta el vestido?

Vi cómo me penetraba con la mirada. No creo que se diera cuenta, pero cuando habló sonó como un rugido. Pareció decir "muchísimo", pero no podía estar segura.

—La señora Blackwell y una vendedora lo escogieron.

—Lo pueden haber elegido ellas, pero eres tú la que lo lleva puesto.

—La señora Blackwell insistió en que llevara el pelo recogido. ¿Te gusta así?

—Realmente me gusta cuando lo llevas suelto, pero Blackwell tiene razón. Para este tipo de evento lo debes llevar recogido. Que se vea mejor tu elegante cuello, sin mencionar el collar. Tal vez más tarde, cuando te lleve a casa, te lo puedes soltar.

Era una sugerencia peculiar viniendo de un hombre que solo me veía como un objeto, pero tal vez ese objeto le servía también como una figura de sus fantasías. No que lo necesitara. Por algún motivo, Alex dijo que no estaba buscando una relación, pero aún así lo acompañaba un aire de sensualidad y parecía un hombre que disfrutaba su cuota de mujeres al lado. Justo en ese momento, su mirada mostró algo de depredador. Me pregunté cuál sería su tipo, con cuántas mujeres se acostaría a la semana. Cualquier hombre con esa pinta y con ese dinero no iba a dejar de disfrutar sus ventajas cuando quisiera. Estaba segura de eso.

Sería muchísimo más fácil si no me sintiera atraída por él.

—¿Vamos?— pregunté.

—Primero dime cómo nos conocimos.

—¡Oh, eso fue hace dos semanas! Nos conocimos en el MoMA. Los dos estábamos admirando a nuestros pintores favoritos, los impresionistas. Entablamos una conversación. Tú sugeriste ir a almorzar. Del almuerzo pasamos a la cena. Y desde entonces somos inseparables.

—Suena romántico— dijo.

—Lo es.

—Pero me gusta más nuestra historia. Tú, volviéndote para mirarme cuando salías del edificio. Yo, parado en la puerta mirándote. Cómo conectamos, y luego tu choque con el gordote aquel.

¿Por qué está hablando de conexiones? Me confunde. —Yo prescindiría de la última parte.

—Al menos estaba acolchonado. Podría haber sido peor. Esa mole no se lastimó mucho.

—Creo que mi orgullo fue el que salió más lastimado.

—Espero que hoy se haya compensado. Y esta noche, ¿estás lista para esta noche? La prensa estará ahí. Nos van a tomar fotos. Tienes que estar preparada para eso. Mañana estarás en los periódicos y blogs. La gente ha estado esperando durante cuatro años que yo encuentre a alguien. Y tú eres esa, al menos para ellos.

—¿Por qué cuatro años?— pregunté.

El se encogió de hombros pero no respondió. ¿Fue cuando sus padres murieron? ¿Estaba en una relación seria que terminó hace cuatro años? Me sorprendía lo poco que sabía de él, pero me gustaba de alguna manera. Disfrutaba ese misterio que me protegía. Cuanto menos supiera de él, mejor. *Él es un objeto. Yo soy un objeto. Dejémoslo así. No necesitas saber nada más de él.*

Estiró su mano para asir la mía. —Seguramente tendremos que acostumbrarnos a esto— dijo. —Ya sabes, para que parezcamos más naturales juntos.

Tomé su mano y sentí cómo el calor pasaba entre nosotros. Oprimió el botón para llamar al ascensor pero la puerta se abrió inmediatamente. Obviamente nadie lo había usado desde que yo salí. Entramos y permanecimos en silencio, su hombro contra el mío. El ascensor se precipitó al *lobby* y mientras descendíamos, él apretó mi mano.

Es demasiado, pensé. *Pensaba que él sería indiferente a nuestro arreglo hasta que estuviéramos en público, pero estaba haciendo justamente lo contrario. Sabe que me atrae. Mencionó nuestra conexión. ¿Estará jugando para que yo me vea como una enamorada cuando lleguemos al Four Seasons? Puede ser. Sin duda, así es. Él está haciendo lo que tiene que hacer. Está actuando. Déjalo así.*

Afuera nos estaba esperando una limusina. El conductor no era Eddie, sino otro hombre que estaba esperando con la puerta de atrás abierta. Hacía calor, pero al menos el sol ya se estaba ocultando en el horizonte. Galante como siempre, Alex me hizo entrar primero. Me recogí el vestido por detrás, bajé la cabeza y me deslicé en el asiento con la esperanza de que la tela no se fuera a arrugar mucho durante el camino al Four Seasons. El entró después de mí, buscó otra vez mi mano y la mantuvo encima de su muslo, duro como una roca.

—¿A quién esperas encontrar esta noche?— le pregunté.

—Darius Stavros. Es un magnate griego de transporte. Wenn Oil se está expandiendo. Espero que podamos llegar a un acuerdo razonable y poder usar su flota para exportar nuestro petróleo.

—Será complicado.

—Él lo hará complicado.

—Lo sé, es su reputación.

Se giró para mirarme mientras el coche se incorporaba al tráfico.

—¿Sabes algo de él?

—Claro que sí. Yo vine aquí para usar mi maestría en negocios, ¿te acuerdas? Durante años, he devorado la sección de negocios de innumerables periódicos, principalmente del *Times* y del *Journal*. Soy una adicta a los negocios. Tengo que decirte, tengo la impresión de que es un hijo de puta. Está ya muy viejo. Fuera de juego. No quiero decir nada inadecuado, pero si estuviera en tu lugar, me entendería con su hijo, Cyrus. Él está a punto de asumir el control del imperio. Yo hablaría primero con Darius, pero sería solo una charla amistosa. No hablaría de negocios con él. Si Cyrus está aquí esta noche, yo le mencionaría tu idea y vería si él propone algo. Él es joven, tal vez tenga un poco más de treinta años. Necesita dejar su huella, algo que Darius no necesita, obviamente. Pero si Cyrus le lleva a su padre algo que tenga un potencial real para impulsar su imperio de transporte, esto cambiaría las reglas del juego. Darius vería por fin esa iniciativa en su hijo que siempre ha esperado. ¿Sabes lo poderoso que esto puede ser? Cyrus tiene reputación de Playboy. Es un inepto muy atractivo. Si le muestra a su padre algún interés en su imperio y le presenta un buen negocio, estás en buen camino porque Darius querrá animar a su hijo, no desanimarlo. No a estas alturas. Como yo veo las cosas, si agarras a Cyrus, agarrarás a Darius. Y a partir de ahí comenzarán las negociaciones.

Una mirada de sorpresa apareció en su cara. *Sí, soy más que este vestido, Alex. Yo trabajé duro en la universidad. Vine aquí para triunfar en los negocios, no para hacer esto. Aunque esto es solo un acuerdo de negocios, me imagino, a pesar de lo apretada que me tienes la mano.*

—¿Sabes si Cyrus va a estar ahí?

—Sí, si va a estar. Va a todas partes con su padre ahora, por las mismas razones que mencionaste hace un momento. Como dijiste, pronto los negocios de su padre pasarán a sus manos.

—Entonces ve tras Cyrus— dije. —Él tiene algo que probar. Él es tu clave y tú la suya.

—Jennifer— dijo. Sonó como si quisiera darme las gracias.

Apreté su mano y, tengo que admitirlo, sentí cierto poder. El mundo de los negocios estaba en mi sangre. Al hablar de lo que sabía y me gustaba, sentí por fin un poco de confianza. Cuando se trataba del mundo al cual yo quería pertenecer, no tenía ninguna dificultad. —No hay nada que decir. No dudes en utilizarme como asesora de negocios cuando necesites.

—Pero eso me costará extra— dijo bromeando.

—Creo que ya me están remunerando bastante bien, no te preocupes.

—Y sin embargo estoy preocupado

Su tono era serio. —¿Acerca de qué?

—De que esto termine más pronto de lo que debiera. Eres brillante. Me has mostrado un ángulo que yo no había considerado. No entiendo por qué nadie te ha contratado, pero deberían de hacerlo ahora. Yo sigo pensando que es porque intimidas a la gente.

—Yo soy una provinciana de Maine. Hasta ayer, estaba en las últimas. ¿Cómo podría yo intimidar a alguien aquí?

—Con tu belleza— dijo. —Y tu inteligencia. Por algún motivo, tú no lo ves así. Pero los otros sí. ¿Por qué no lo ves?

No iba a comenzar a discutir eso con él y sentí un gran alivio cuando el coche comenzó a detenerse. Miré a través del limpiaparabrisas. —Parece que hemos llegado— dije.

—No respondiste mi pregunta.

—Ni tengo la intención de hacerlo. Tengo mis razones, pero son privadas. Esta es una relación de negocios. Necesito que respetes eso.

—Discúlpame.

—No necesitas disculparte.

—¿Estás nerviosa?

—Ya no. Ahora que sé por qué estamos aquí, estoy entusiasmada. Pon a trabajar tu magia con Cyrus. Yo pondré a trabajar la mía de otras maneras.

—¿De qué maneras?

—Ya verás.

—Una cosa— dijo.

—¿Si?

—Yo siempre vengo a estos eventos solo. Lo dije antes en serio, tu presencia conmigo va a causar una conmoción. Aférrate a mi mano y está lista para la prensa. Va a ser intenso, van a lanzar preguntas pero nosotros no decimos nada. ¿De acuerdo?

El conductor abrió la puerta. Las luces de los flashes comenzaron a dispararse y yo me incliné hacia su oído, una muestra de intimidad que era parte de nuestro acuerdo. —De acuerdo— murmuré. —No digo nada.

Y comenzó el bombardeo.

CAPÍTULO DIECISÉIS

Cuando me bajé del coche, el conductor me ofreció la mano. Me ayudó con el vestido para no pisarlo y darme de bruces en la acera. Así, gracias a él, pude salir airosa a pesar de estar cegada por los destellos de luz.

Alex salió justo detrás de mí, lo cual avivó aún más al grupo de reporteros cuando se dieron cuenta de que estábamos juntos. Busqué su mano. Él se la llevó a los labios y la besó, y yo sentí que me temblaban las rodillas al sentir sus suaves labios y su barba de dos días contra mi piel.

Esa barba me la va a jugar continuamente, pensé.

A aguantarse.

Enfrente de todo el mundo, me marcó como suya con ese prolongado beso en la mano. Nadie sabía de nuestro acuerdo. Pero con ese simple gesto, que violaba la cláusula de no besos, rápidamente se extendería la noticia, al menos a cierto nivel, de que Alexander Wenn no estaba disponible.

Las preguntas empezaron sin rodeos, pero Alex solo sonrió y asintió con la cabeza mientras me llevaba hacia una fila de hombres y mujeres en traje de noche que pasaban frente al portero que mantenía la puerta abierta.

Había una escalera a la izquierda. Cogidos firmemente de la mano, la subimos hasta el salón de recepción. Había escuchado hablar tanto de esta institución que lo observaba todo como si nunca más fuera a verlo de nuevo. Al final de la escalera estará el Grille Room y el bar. Al final del pasillo a la izquierda estará el famoso Pool Room, donde todos los días se cerraban negocios a la hora del almuerzo. ¿Cuántas veces había leído sobre este sitio? ¿Lo importante que era este restaurante para el mundo de los negocios? No podía creer que estuviera allí. La luz cálida brillaba intensamente y hacía que todos parecieran más jóvenes de lo que eran, probablemente a propósito.

Podía oír el ajetreo en el Pool Room. Y allí estaban, lo mejor de la sociedad. La mayoría conversaba en pequeños grupos, disfrutando el champán servido en bandejas de plata por atractivos camareros. Otros estaban en la barra. Este grupo lo formaban hombres tomando escocés con otros hombres. No había una sola mujer en ese grupo, lo cual me lo dijo todo y me desilusionó. Este seguía siendo un territorio de hombres, en el cual yo, probablemente, nunca podría entrar del todo. Si tenía suerte, me tolerarían en la periferia pero hasta ahí llegaría.

Cuando miré a mi alrededor, noté que en particular las mujeres parecían estar flotando en éter, sus zapatos apenas tocaban el piso. Me tranquilizó ver que no estaba demasiado arreglada.

Blackwell había dado en el clavo.

Así que esto es lo que es ser rico, pensé. *Y poderoso. Y exitoso. Es increíble.*

—¿Champán, señor Wenn?— preguntó un camarero.

Alex cogió dos copas de burbujas y me alcanzó una. —Gracias— le dijo al joven, quien asintió con la cabeza antes de retirarse. Alex golpeó su copa contra la mía, bebimos un sorbo y vi cómo me admiraba por encima del borde de la copa. No podía decir cuándo estaba fingiendo y cuándo no. Todo lo que podía recordar era que teníamos un acuerdo, sin embargo sentía que había algo más entre los dos. O tal vez yo quería que hubiese algo más. Él me gustaba física e intelectualmente, una rara combinación si se diera. Le devolví la sonrisa y sentí cómo su mano me presionaba en la parte baja de la espalda, cosa que yo permití.

—Estoy buscando a Cyrus— le dije tranquilamente.

—Debe estar en el Pool Room con su padre. Es ahí donde a Darius le gusta entretener a su público.

—¿Cuándo quieres hablar con él?

—Más tarde— dijo. —Conozco a casi todo el mundo aquí y tengo que saludar. Quiero presentarte a los que se nos acerquen, que serán casi todos, pero necesito que las cosas se muevan rápido para no perder a Darius y Cyrus. En estos eventos, el tiempo puede pasar rápido. Demasiado rápido. Tengo que ser cuidadoso con eso.

—Conmigo tienes un segundo par de ojos.

—Lo que tengo son muchos ojos en ti. A menos de que no se haya dado cuenta, señorita Kent, usted es el centro de atención del baile. O lo que sea este evento.

—Es una recaudación de fondos para el Met.

Tomó un sorbo de champán y me sonrió. —¡Ah, claro! Lo siento. El Met.

¿Podrían sus ojos excitarme aún más de lo que ya lo habían hecho? No podía dejar que ellos o él me agarraran, pero eso era ya una causa perdida.

—Bueno, ya da comienzo— me susurró. —Aquí vienen Tootie Stauton-Miller y su esposo, Addison, o Addy. Ella es difícil, pero él es muy agradable, probablemente porque su matrimonio es una farsa y él lo sabe—. Se detuvo. —Realmente, eso no es justo. Me cae bien Addy independientemente de sus secretos. Es una de las personas más amables que vas a conocer esta noche.

Vi como una elegante pareja se acercaba a nosotros.

—¿Qué quieres decir con eso de Addy?

—Él es gay. Es notorio, pero nadie habla de eso. Te va a gustar. A todo el mundo le gusta. En cuanto a ella, no tanto. Ellos tienen su propio acuerdo. Me imagino que mucha gente aquí también lo tiene.

Los miró mientras se acercaban. —Tootie— dijo. —¡Qué alegría verte!— Le dio un beso en cada mejilla y después le extendió la mano a Addy.

—Hola, *¿cómestás?*— dijo Tootie, mientras me miraba por el rabillo del ojo.

—¿Hace cuánto? ¿Una semana? Qué guapo estás, Alex. Bueno, tú siempre lo estás. ¿Quién es ella?

—Jennifer Kent— dijo.

Ella asintió con la cabeza. —Hola, ¿cómestás? ¿Eres de los Kent de Filadelfia?

—No, soy de los Kent de Maine.

Tootie, que estaba en sus cincuenta, aunque la cara le había sido moldeada y estirada de vuelta a los cuarenta, me devolvió una sonrisa forzada. Era rubia y el pelo le llegaba a los hombros, llevaba unas joyas sencillas en el cuello, la muñeca y las manos, y un vestido amarillo claro que, tengo que admitirlo, era sublime. No sé casi nada de moda, pero con ese vestido ajustado a la medida que podría traicionar a las curvas más maduras, Tootie Staunton-Miller se veía esbelta y estupenda. También derrochaba clase y familia adinerada.

—No conozco a los Kent de Maine—dijo. —¿Debería?

—Lo dudo.

—¡Oh!— Miró a Alex confundida seguramente porque su mano seguía en mi espalda y parecía, para aquellos que no lo sabían, que éramos pareja.

—¿Eres del grupo de Northeast Harbor?

—No.

—¿Del de Seal Harbor?

—Lo siento.

—¿Del de Grindstone Neck?

—Ni remotamente.

—¿Del de Bar Harbor?

—No, no lo soy.

—¿A qué grupo perteneces?

—No tengo grupo, a menos que Bangor sea uno.

Miró hacia el techo y pareció lanzar un suspiro de alivio. —Si claro, lo siento. Yo siempre pienso *costa*. Siempre pienso *playas rocosas del Atlántico* cuando se trata de Maine. Cuando los barones de la madera gobernaban Bangor, tenía que haber un grupo ahí que tiene sus raíces en Filadelfia o Nueva York. Supongo que ese es tu grupo.

—Lo siento, pero no.

—¡Vaya por Dios!

—Un placer conocerla, señorita Kent— interrumpió Addison Miller. Tomó mi mano entre las suyas y la besó. Era la segunda vez en esa noche que alguien hacía algo así. Tal vez Alex no había violado la cláusula de "no besos". Tal vez simplemente ellos eran así. El primero que me lo dio fue un hombre muy apuesto que en este momento me estaba acariciando la espalda y el otro, un gay que tenía unas maneras muy amables y que me gustó inmediatamente. No hubiera podido imaginar una mejor combinación para mi entrada en sociedad. Además, me encantan los gays.

—Un placer. Por favor, llámeme Jennifer.

—Bueno Jennifer. Estás preciosa, querida. Radiante.

—Gracias, señor Miller.

—Soy Addy. Siempre Addy. Nada de señor Miller.

Realmente era amable. Mejor aún, nada afectado. No como su esposa.

—¿Es un Valentino?— preguntó Tootie.

—Sí, lo es.

—Lo vi en la pasarela.

—¿De veras?

—París. El corpiño de cuero hará que más de uno se vuelva para mirarla.

—Me imagino que era la intención del diseñador.

—Parece tan agresivo para un evento como este. Cuero y encaje para recoger fondos para el Met. ¡Muy atrevida!

—Yo lo encuentro muy bonito— dijo Alex.

—Completamente de acuerdo —dijo Addy.

Tootie dirigió un leve parpadeo a Alex. —¡Ah! Por supuesto que lo es. Valentino y todo lo demás. Uno no se puede equivocar. Bueno, no del todo.

—No puedo imaginar que alguien lo critique— dijo Alex. —Como sabes, mi madre a menudo lo llevaba. Le encantaba su trabajo. ¿Te acuerdas de mamá de Valentino, Tootie?

—Me acuerdo de ella de Dior. Pero, si, también de Valentino. Y de Karl, claro. Le encantaba Karl. Ese estilo que tenía tu madre. Esa gracia. ¿Alguna vez se equivocó? No. El sentido de la moda era simplemente algo natural en ella. La extrañamos tanto, Alex. A pesar de todos estos años.

—Gracias, Tootie.

—¿Estáis saliendo juntos?

La pregunta fue tan abrupta que me ruboricé y me pregunté cómo la iba a manejar Alex.

—Sí, desde hace solo unas pocas semanas, pero nos hemos comprometido y estamos muy felices.

—Esto merece una celebración— dijo Addy. —Ya ha pasado demasiado tiempo. Me alegro por los dos.

¿Ha pasado demasiado tiempo desde cuándo?

—Yo también— dijo Tootie, sin embargo su voz era tan fría que dejaba claro que no lo decía en serio. Yo no pertenecía a ningún grupo que ella conociera. Era una persona común y corriente a sus ojos, lo cual no era ningún problema para mí pues era la verdad. No pertenecía a este grupo ni tampoco quería pertenecer.

Lo único de mí que Alex nunca podría quitarme era el ser yo misma, pero había muchas probabilidades de que robara el corazón, si quisiera. Por muy atraída a él que me sintiera me apegaría al escueto guión que ideó para que yo lo memorizara. Sin embargo, en mi alma, siempre sería Jennifer Kent, la chica pobre de padres lamentables, que bregó para ir a la universidad y que estaba bregando para quedarse en Nueva York. Esa era yo y no estaba dispuesta a cambiar a esa persona por nadie más. Preferiría dejar todo esto y servir comida cara en un restaurante en Nueva York que dejar de ser fiel a mí misma. Así que, al menos por el momento, Tootie tendría que soportarme esa noche, de la misma forma que otros, me imaginaba, tendrían que hacerlo.

—Fue un placer veros— dijo Alex. —Deberíamos dejarnos ver. Parece que todo el mundo está aquí esta noche.

Tootie se inclinó y le dio un beso a Alex en la mejilla. Vi que le murmuraba algo al oído que hizo que él se echara hacia atrás con un rostro inexpresivo.

—Que tengas una buena velada, Tootie— dijo. Miró a Addy, que tenía una mirada de preocupación. —Siempre es un gusto verte, Addy. Eres uno de los pocos aquí que realmente tiene clase. Es tan raro de encontrar. Siempre me alegra verte.

—Siempre estoy de tu lado, Alex.

—Lo sé—. Y con una mirada devastadora a Tootie Staunton-Miller, que en la cara tenía la expresión de una mujer a quien se le había ido la mano, Alex presionó su mano en mi espalda, nos despedimos y seguimos hasta el fondo del salón.

CAPÍTULO DIECISIETE

La siguiente hora fue más de lo mismo y mentiría si dijera que no fue desalentador. Mientras nos dirigíamos al Pool Room donde Alex creía que Darius sería el centro de atención con su hijo Cyrus, Alex me presentó a decenas de personas de las cuales yo había leído o había escuchado hablar y cada vez que él le contaba a alguien que éramos pareja, yo recordaba el consejo de Blackwell.

Si se deja arrastrar por la corriente, si él la toca y usted siente que responde, recuerde que esto es un trabajo. Hágalo y todo va a salir bien, se lo puedo prometer, Jennifer. Cuando esté con usted, Alex solo va a seguir lo que usted haga. Él es un buen hombre pero en este momento está enfocado en su trabajo. El trabajo es todo lo que tiene. El trabajo es todo lo que puede manejar. Usted no es más que un objeto para él. Suena duro, pero es la verdad. En apariencia, harán una pareja preciosa, la gente lo va a creer así y usted va a ganar su salario gracias a eso. Lo que puede arruinar todo para usted es que se sienta emocionalmente vinculada. Él se va a dar cuenta inmediatamente y la despedirá por eso.

Tengo que pensar que él es como mi hermano. Consideré ese ángulo durante la entrevista, pero en este momento tenía que ponerlo en práctica. Era la única forma de salir de esta. Así de grande era mi atracción por él. Y, francamente, necesitaba el trabajo.

Mientras que caminábamos entre la multitud, todo el mundo que venía a nuestro encuentro parecía muy interesante hasta que abrían la boca.

La gente me felicitaba por mi vestido, mi pelo, mis preciosos zapatos, mis joyas. Pero tan pronto se daban cuenta que no era una de ellos, nadie me preguntaba nada que valiera la pena. Para ellos, yo era un objeto también, un poco una mujer trofeo para Alex, y a pesar de que podía ver la sorpresa cuando Alex decía que estábamos saliendo juntos, me sentía invisible. La mayoría me miraba directamente. En el peor de los casos era un don nadie sin importancia; en el mejor, una curiosidad o alguien de quien hablar más tarde.

Pero seguí siendo profesional. Si la conversación giraba hacia los negocios, lo cual sucedía a menudo, yo lanzaba una sorpresiva bomba y hablaba con confianza y conocimiento acerca de cualquier tema que se estuviera discutiendo. En algunos casos, me gané una mirada de confusión de los hombres, un segundo vistazo de las mujeres y a veces, una pregunta para ver si realmente sabía de lo que estaba hablando. Y lo estaba. En la mayoría de los casos, Alex mantenía la conversación trivial y se apresuraba para seguir saludando a más gente que conocía.

Y vuelta a empezar.

Todo fue como una serie de entrevistas con un claro trasfondo: ¿Cómo podía ser posible que hubiera cazado, de todos, a Alexander Wenn, especialmente cuando no pertenecía a *su* gente?

Las preguntas eran siempre las mismas.

¿Dónde se conocieron? En una exposición de arte. Qué maravilla. ¿Cuál es su formación? Qué interesante. Tiene su máster en negocios. Y qué poco común. ¿Tiene planes de usarlo? ¿Sí? ¿De veras? ¿De dónde es? ¿Maine? Qué bonito. Pasamos allá el verano. ¿Dónde pasa el invierno?

Cuando caían en cuenta que Alex podría sentirse atraído hacia mí por mi cabeza, una mirada de consternación se apoderaba de sus caras. Era en este momento cuando yo veía todavía las limitaciones sexistas inherentes a su círculo. Los hombres eran los pensadores y emprendedores y, con pocas excepciones, las mujeres aparentemente estaban para ser relumbrantes cabezas huecas.

Para mí esto era tan fascinante como insultante. Casi siempre se esperaba que las mujeres sonrieran y asintieran con la cabeza mientras los hombres hablaban acerca de esos temas tan masculinos y complicados como son los negocios. Cuando se les invitaba a participar, ellas admiraban los vestidos de las demás, hablaban de sus familias, de alguna de las remodelaciones que estaban haciendo en algunas de sus propiedades y a qué parte del mundo iban a ir después. Obviamente, yo no sabía nada acerca de tan selecta sociedad y sus reglas, pero antes muerta que ser la idiota del pueblo.

Más tarde, cuando caminábamos por el pasillo que lleva al Pool Room, Alex apretó mi mano y me preguntó si me estaba divirtiendo.

—Es una gente interesante—le dije con cuidado.

Se rió. —Me encanta cómo los haces retorcerse. Ninguno sabe qué pensar de ti.

Lo miré. —Lo siento— dije. —No puedo hacer nada al respecto.

—¿Por qué habrías de hacerlo? Quiero que seas tú misma. Mira. O son de otra era o fueron educados de otra manera. O ambas cosas. La mayoría de la gente aquí está en el libro. ¿Conoces el libro? Me imagino que sí. Muy poco ha cambiado en sus círculos. Exactamente por eso me gustaba mi estancia en Maine. Estaba rodeado de gente real. Las mujeres que llegué a conocer a través de mis amigos tenían un carácter fuerte y eran inteligentes—. Me lanzó una mirada de arriba abajo. —No muy diferentes de ti.

—No puedo hacerme la tonta— dije.

—No espero que lo hagas. Y, por cierto, la mayoría de las mujeres aquí fue a Smith o Vassar. Están solo jugando el juego. Ellas asisten a estos eventos primero como paquetes de elegante sumisión diseñados para reforzar las carreras de sus esposos y segundo como mujeres que son capaces de hablar con ligereza sobre absolutamente nada de sustancia. Estoy acostumbrado a esto. Tú no. Y veo que esto te está exasperando y lo entiendo. ¿Quieres un consejo?

—Por favor.

—Sigue confundiéndolos. Juega el juego, pero hazlo para entretenerte tú. No me importa porque sé que no los vas a insultar. Cuando hablen de visitar Bora Bora, diles que el monte Merapi en Indonesia te parece más interesante, y que volverías al mar de Célebes ya mismo. Se pondrán bizcos.

—¿Has estado en esos sitios?

—Hace un tiempo.

—¿Subiste el monte Merapi?

—Si. De noche.

—Pero es un volcán activo.

—Sí, lo es.

—¿Eres una especie de atleta?

—Solía serlo. Ahora solo me gusta hacer ejercicio. Es una buena distracción.

¿De qué?

Hablar con él a solas me tranquilizó. Comencé a entender cómo manejaba a esta gente. Montaba un espectáculo para ellos, ellos montaban un espectáculo para él. Aparentemente, así era como funcionaba.

—Mierda— dijo.

—¿Cuál es el problema?

—Trata de hacer lo mejor que puedas. Vestido rojo. Pelo negro. Viene hacia nosotros.

—¿Una de las lobas?

—Esta vale por una manada. Prepárate. No va a ser amable contigo. Tratará de matarte—. Hizo una pausa y puso su mano con más firmeza sobre mi espalda.

—Inmaculada— dijo cuando la mujer paró en medio del pasillo para mirarnos. —¿Cómo estás?

Era guapísima. Alta y escultural, pero mayor que Alex y yo. Unos treinta y tantos, aunque no me hubiera sorprendido que tuviera cuarenta y pocos, independientemente de lo bella que fuera. Era difícil decirlo. Me miró, me estudió y se volvió hacia Alex con una mirada de traición en sus ojos. —Alex— dijo. —¡Qué sorpresa! Pensé que dijiste que ibas a venir solo esta noche.

—Eso fue la semana pasada.

—¡Oh, la semana pasada! La semana pasada. Lo dices como si fuera hace tiempo. Lo dices como si fuera hace años, pero fue solo hace una semana. Hace siete días. Solo siete días desde la última vez que hablamos.

—Las cosas han cambiado desde entonces.

—¿Qué cosas? ¿Por qué no he oído nada? Yo me entero de todo. La gente me llama. ¿Qué podría haber cambiado en una semana?

Alex estaba a punto de responder cuando ella se volvió hacia mí. —Y ella, ¿quién es?

—Jennifer Kent. Jennifer, te presento a Inmaculada Almendarez.

¿Y de dónde sale un nombre como ese?

Cuando finalmente se acercó, le extendí la mano. La tomó con desgano, de una manera despectiva, y la dejó caer.

—Un placer conocerte, Inmaculada.

Ella levantó una ceja. —¿No es cierto?— Puso una mano entre sus formidables senos y se rió. —Era una broma. Por favor, no pongas esa cara tan seria. Es mi sentido del humor, simplemente. Un placer conocerte a ti también, Jennifer. Bonito vestido. ¿Cómo es que estás con Alex?

Esta mujer no se guardaba nada. Ahora empezaba a darme cuenta por qué Alex me necesitaba. Tenía que conseguir a Darius Stavros antes de que se fuera. Si yo no estuviera aquí, estoy segura de que ella lo retendría y perdería esta oportunidad.

Antes de que yo pudiera contestar, Alex intervino haciendo lo posible por hacerla callar. —Estamos saliendo juntos, Inmaculada. Espero que te alegres por nosotros.

—¿Están qué?

—Saliendo juntos. Desde hace dos semanas ya.

—¿Eso quiere decir que estaban ya juntos la semana pasada?

—No lo habíamos hecho público todavía.

—Ya veo. ¡Qué misterioso! Muy "cortina de humo" por tu parte. ¿Dónde se conocieron?

—En el MoMA.

—¡Qué romántico! Se conocieron entre arte. Probablemente soñando despiertos frente a colores pasteles. ¿Comenzaron a conversar, simplemente?

—Si. Sobre los impresionistas.

—No me digas—. Me lanzó una mirada envenenada. —Y yo pensando que había una conexión entre Alex y yo. ¡Qué ridícula me siento en este momento! Vine sola esta noche porque pensé que él también vendría solo. Tantas cosas pueden cambiar en una semana. O dos. ¿Quién lleva la cuenta? ¿Es un Valentino?

—Sí, lo es.

—¿Un regalo de Alex?

No iba a dejar que me hiciera perder los papeles, así que le seguí la corriente. —Sí. Al igual que las joyas. ¿No son preciosas? Las escogió especialmente para mí. Es tan bueno conmigo—. Me incliné y besé a Alex en la mejilla, rompiendo mis propias reglas. Cuando le di el beso, olí el tenue aroma de su colonia. Me recorrió entera porque era como él, masculino y discreto. Cuando me alejé, sentí su sorpresa, especialmente cuando comencé a quitarle el lápiz de labios que había dejado en su mejilla sin afeitar con el dorso de mi pulgar. —Gracias de nuevo, mi amor. No más lápiz de labios. Limpio.

Me miró de una manera que no fue hostil. —Fue un placer— dijo.

—Todo lo que venga de Alex es un placer. Me imagino cómo estarás de complacida con sus regalos y con él.

—No te lo puedes imaginar, especialmente cuando estamos solos. ¿A qué te dedicas, Inmaculada?

—Voy a fiestas. Asisto a eventos. Participo en juntas directivas. Yo no trabajo porque no necesito hacerlo. Para mí, trabajo es una palabra malsonante. ¿Y tú?

—Trabajo.

—¡Oh, querida! eso es como decir "mierda". No es que yo la use mucho. Pero es verdad. Es como decir "mierda". ¿Quién trabaja?

—Yo trabajo en negocios y me gusta.

Se puso de nuevo la mano en el pecho y se rió. —Es tan inusual.

—¿Por qué?

—Ninguna de mis amigas trabaja. Y lo encuentro poco común, eso es todo. Ellas también, me imagino.

—Es probablemente que sea cosa de tu generación.

—¿Es probablemente cosa de mi qué?

—Tu generación. Yo tengo veinticinco años. Los de mi generación, no podemos imaginar no ser creativos o contribuir en algo al bien común.

—Creo que necesito un martini.

—Los camareros están por todas partes, Inmaculada. Solo tienes que estar pendiente. ¿Eres una chica Gibson?

—¿Si soy una qué?

—Una chica Gibson.

—No sé lo que es eso.

—Es una referencia cinematográfica.

—¿Por qué no puedo entenderte?

—No tiene importancia.

—¿Dónde trabajas? Si estás con Alex, me imagino que en alguna de las empresas de Fortune Five.

—No, en absoluto. Trabajo independientemente. Soy consultora.

—¡Una consultora! Y un empresario. A los veinticinco. Impresionante, Jane.

—Jennifer.

—Jennifer. Lo siento. ¿En qué área haces consultoría?

—Negocios.

—Por supuesto. ¿Cómo no se me había ocurrido?

—¿Porque es el resultado natural de hacer negocios?

—No lo sé.

—¿Por qué tendría que habérsete ocurrido? Tantas fiestas que organizar. Debe ser mareante.

—Tengo un asistente.

—Alguien dijo alguna vez que una vida dirigida es una vida desestructurada. O algo así—. Sentí que me lanzaba dardos envenenados cuando le dije —Tu vestido es muy mono. ¿De quién es?

—Querida, a estas alturas, ya perdí la cuenta. De tal y tal. Estoy segura que es alguien muy famoso que está en todas las revistas que tiene que estar. Lo único que importa en la vida es la belleza.

—Me pregunto qué piensa de eso la gente en los países del tercer mundo, o los indigentes en nuestra propia ciudad.

—¿Los qué?

—Indigentes.

—No los conozco.

—Nunca es tarde para aprender. Y para mí, mi voto por lo que más importa en la vida sería el amor y las relaciones. Nunca la belleza. Nunca sería lo primero.

—Ya veo.

Toqué con la mano el collar y el anillo en el dedo destelló bajo la luz. Le sonreí.

—Bueno— dijo Alex. —Me he alegrado de verte, Inmaculada.

—¿Sólo alegrado? ¿Os vais?

—Tenemos asuntos que atender— dije.

—Negocios, negocios, negocios. ¿Desde cuándo todo es negocios para ti, Alex? Solía hablar contigo durante horas en ocasiones como esta. Negocios suena tan aburrido. Negocios suena como Ambien para mí.

—¿Suena como qué?— pregunté.

—Como Ambien.

—No sé lo que es eso.

—Te ayuda a dormir.

—¡Ah, somníferos! ¿Cómo las que tomó Michael Jackson?

—¿Perdón?

—El murió a causa del uso de barbitúricos. Me imagino que alguno sería Ambien.

—Esto no tiene nada que ver con eso. O con él.

—Espero que no.

—Ambien es muy conocido.

—Nunca lo había oído, pero yo duermo bien de noche. Mi conciencia está tranquila. Yo me desvanezco en segundos, a menos de que Alex tenga otra idea. De todos modos, para nosotros, los negocios son estimulantes. Es lo que nos hace levantarnos cada día. Y es posiblemente una de las razones por las cuales nos enamoramos. Tenemos algo en común que adoramos. Realmente muchas cosas. Creo que nos complementamos muy bien.

—Estoy segura de que así es.

—Buenas noches, Inmaculada— dije. —Ha sido genial conocerte.

—¿Genial?

Antes de que pudiera responderle, Alex le deseo buenas noches y avanzamos.

—¿Qué fue eso?— el preguntó discretamente.

—El final de Inmaculada. ¿No era eso lo que querías?

Pude sentir que trataba de contener la risa. —Si. Pero no sabía que tuvieras estas destrezas. ¿Quién eres, Jennifer Kent?

Aparentemente, seguía sorprendiendo.

CAPITULO DIECIOCHO

Entramos al Pool Room que era más imponente que lo que había visto en las fotografías. La piscina estaba en el centro del salón. Era cuadrada, iluminada con luces intermitentes y rodeada de hermosos árboles.

Casi de inmediato divisé a Darius Stavros.

Me incliné para decírselo a Alex al oído. —Stavros está a tu derecha con un grupo de personas. Cyrus está detrás de ellos con aire de aburrido.

Nos tomaron una foto juntos antes de que pudiera alejarme.

—Ya la veremos en alguna parte mañana— dijo Alex. —¿Vamos hasta allá y saludamos?

—¿Por qué no?

—Voy a seguir tu plan.

—Espero que funcione.

—Yo creo que sí.

—Míralo. Tan apuesto como es, Cyrus es como una sombra en el resplandor de su padre. Él necesita este plan.

—Es la segunda vez que dices que él es apuesto.

—Lo es. Tiene ese algo griego. Le sienta bien.

¿Y qué te importa si lo encuentro apuesto? Tú has sido amable, Alex, pero yo soy tu empleada. Estoy aquí solamente para mantener a las lobas a raya.

—Pero volviendo al tema— dije, —él tiene que mostrarle pronto a su padre algo sustancioso o va a seguir aumentando la decepción. Tengo que decir que con todo lo rico e irresponsable que es, lo siento por él. Es el heredero de todo lo que su padre construyó, pero podría no querer ser parte de eso. Hasta donde tengo entendido, Darius no tiene más hijos. Por eso probablemente está empujando a Cyrus en sus negocios. Entonces, vamos a ayudarle. Démosle algo que él le pueda entregar a su padre. Algo apetecible. Algo que lo haga sentirse bien.

Me miró como si fuera a decir algo pero se contuvo. Me daba la impresión de que tenía emociones encontradas. ¿Sería por algo que dije? No estaba segura. Pensé que quizás necesitaba creer en la ilusión que habíamos creado y que yo pude haber roto con mi comentario acerca de la pinta de Cyrus. Después de todo, ya me lo reprochó. No lo volvería a hacer.

—¿Te has dado cuenta de que, con excepción de Inmaculada, a quien dejaste callada, nadie me ha molestado esta noche?

—Sí, sí me había dado cuenta. También he notado durante el camino unas cuantas mujeres airadas. Me han lanzado dagas. Cuchillos, balas de cañón.

—Lo que quiere decir que está funcionando. Te lo agradezco.

—Con gusto. Y gracias por el trabajo.

—Espero que no lo sientas como un trabajo.

Había un nuevo tono en su voz que no pude definir. *¿Por qué siento que esto está tomando la dirección equivocada? Tengo que tomarlo con calma.* —Mírame, toda emperifollada. Esto es divertido—. Saludé al atravesar el salón. —Darius se está despidiendo de sus acompañantes. Es tu oportunidad de saludar.

Y Alex lo hizo.

Después de unos minutos de presentaciones y conversación en que Alex habló solamente de la familia con Darius, se dio la vuelta y miró con sorpresa a Cyrus, de pie detrás de él.

—Cyrus— dijo. —Discúlpame, no te había visto.

—¿Cómo estás Alex?

—Bien. Me alegra verte. Te presento a Jennifer Kent.

Cyrus me miró detenida y abiertamente, sin dejar duda alguna de que me encontraba atractiva. —La he estado mirando desde que la vi por primera vez— dijo. —Creo que ya se había dado cuenta. O eso espero. Lo siento, Alex. No podía apartar mis ojos de ella. Es usted encantadora, señorita Kent.

Por algún motivo, Alex me apretó la mano. No fue solo un apretón. Se sentía posesivo. Había definitivamente un cambio en el ambiente. —Hace poco comenzamos a salir juntos.

—Felicitaciones. Puedo ver por qué. Un amigo mío, Constantino, también se fijó en usted, señorita Kent. Tengo la impresión de que él y yo no somos los únicos.

—Cyrus— dijo Alex, —te tengo una propuesta.

—Pero ahora estoy admirando a la señorita Kent, Alex. ¿Por qué quitarle tan pronto el protagonismo? Tengo la impresión de que la mayoría de los hombres aquí esta noche también la están admirando. ¿De dónde eres, Jennifer? Si te puedo llamar Jennifer.

—Jennifer, está bien. Soy de Maine.

—Maine. Muy bonito. Claro que Maine tenía que producirte a ti. Tiene sentido, ¿no estás de acuerdo, Alex? Solo Maine produciría este tipo de belleza natural.

¿Estaba hablando en serio? ¿Quién hablaría así?

—Si pudiéramos hablar de la propuesta...

—¿Quieres decir la propuesta que tienes para mi padre?

—No, de hecho tengo una para ti. ¿Te importaría escucharla? Creo que te podría interesar.

Un camarero se me acercó, interrumpiendo la conversación. Lo miré. —¿Sí?

—Tengo dos bebidas para usted, señora.

—¿De quién?

—Dos caballeros admiradores. Supongo que van a presentarse más tarde.

Miré a Alex, que parecía molesto. —Una copa de champán es suficiente para mí— le dije.

—Deberías darte el gusto— dijo Cyrus. —Eres obviamente la sensación de la noche. Eres un rostro nuevo. E impresionante. Lo siento, Alex, pero es verdad. Me he fijado en cómo la miraban los hombres. Necesitamos a alguien como Jennifer aquí esta noche, la ha hecho más interesante. Todos los demás nos conocemos entre nosotros. Tengo la impresión de que la gente no sabe que anda contigo. Desde luego, yo no lo sabía, porque yo mismo estaba pensando en acercarme a ella . ¿Hablas en serio?

—Mucho.

El camarero miró confundido. —¿Me llevo las bebidas, señora?

—Sí. Y por favor dele las gracias a quienes las hayan enviado. Yo no tomo más de una copa, lo siento pero tengo que pasar.

—Además está conmigo— dijo Alex. —Espero que les diga eso también.

El camarero asintió con la cabeza y se retiró.

—Eso sonó territorial— dijo Cyrus. —Pero no te culpo. Si ella estuviera conmigo, haría exactamente lo mismo.

—Acerca de la propuesta— dijo Alex.

—Claro. Me encantaría escucharla. Jennifer, ¿viene con nosotros? Supongo que ella está informada de esto.

De nuevo, la mano de Alex, esta vez justo por debajo de la cintura.

—Si lo prefieres. Creo que a Jennifer estaría encantada.

Cyrus me miró, sus ojos se alejaron de los míos y se clavaron en mi pecho. Era muy apuesto, cierto, pero también un completo pesado. —Me gustaría.

Por razones que no entiendo, Alex parecía que fuera a estallar. Estaba consiguiendo su audiencia con Cyrus, que era lo que quería. Se suponía que yo no era más que un objeto para él. Ese fue el acuerdo. ¿Por qué le importaba que otros estuvieran poniéndome atención? ¿Por qué ese cambio de estado de ánimo repentino? No lo entendía.

—Entonces hablemos— dijo.

CAPÍTULO DIECINUEVE

Mientras que Alex explicaba su idea, Cyrus parecía interesado más en mí. Alex trató de persuadirlo, pero Cyrus seguía lanzándome miradas, lo cual me pareció grosero. Esta vez, fue mi mano la que buscó la parte baja de la espalda de Alex, quien se puso rígido cuando lo toqué. Instintivamente, la quité. ¿Cuál era su problema?

—¿Entonces, necesitas nuestros barcos?— dijo Cyrus cuando Alex terminó.

—En una relación mutuamente beneficiosa, sí.

—¿Me podrías mandar una propuesta formal? Me gustaría mostrársela a mi padre. Él va a necesitar estar envuelto en esto, sin embargo me alegro de que te hayas acercado a mí primero. Te lo agradezco.

—Tendrás una propuesta formal mañana. Es evidente para todos que algún día te vas a hacer cargo de los negocios de tu padre. Respetando esto, quise discutirlo contigo primero.

—Muy amable de tu parte—. Cyrus se giró hacia mí, su mirada de nuevo clavada en mi pecho. A pesar de lo inapropiado que había sido, mantuve una expresión interesada y amable en un esfuerzo por ayudar a Alex. —¿Qué piensas del negocio, Jennifer? ¿Deberíamos aceptarlo?

—Creo que no estoy calificada para responder— dije.

Se volvió hacia Alex. —¿Está calificada?

—Está más que calificada.

—¿Te molesta si escucho su opinión?

—Si quieres... Adelante.

Había una frialdad en su voz que no pude entender, pero mi trabajo aquí era ayudarlo y eso hice. Ladeé la cabeza para que Cyrus levantara sus ojos para mirarme. Cuando lo hizo, me lancé a matar. —Yo veo una situación en la cual todos ganan. Wenn Oil es una industria líder, así como lo es Stavros Shipping. Leí recientemente que ustedes incrementaron su flota de barcos sustancialmente cuando se hicieron con una buena porción de la compañía de transporte de Anastassios Fondaras. Me imagino que sabes a qué reportaje me refiero.

—¿El del *Journal*?

—Correcto.

—No todo eso es cierto.

—Probablemente no, los periodistas siempre tienden a entender algunos detalles equivocadamente. Pero si tienes varios barcos aparcados debido a la economía, esta es una opción. Y como yo la veo, una muy sólida. Wenn Oil tiene un suministro constante de petróleo que debe distribuir. Tú tienes los medios para que esto suceda. Lleguen juntos a un precio justo y creo que todo el mundo estará muy complacido—. Me detuve un momento y después le sonreí. —Creo que a tu padre le causaría una buena impresión que fueras tú el que lo haya concretado. Alex hubiera podido decirle a alguno de los muchos que conoce en la industria, tiene el mundo a su disposición, pero no lo hizo. Me dijo esta noche que quería trabajar contigo. Lo dijo muy claramente. Es por eso que vinimos esta noche.

—¿Es cierto?

—Lo es. Alex dijo que esa era su meta. Supongo que el hecho de que haya sido él el que se acercó para discutir el negocio permanecerá en privado. Solo entre ustedes dos.

—Así será— dijo Alex. —Por lo que a mí respecta, este es el acuerdo que tú propones, Cyrus. Tú fuiste el que pensaste en él, no yo.

—Wenn Oil es una buena adquisición— dije. —Tu padre lo sabe. Este podría ser un acuerdo importante si las negociaciones van bien, suponiendo que sigan adelante. Supongo que eso depende de ti y de tu padre y de su respuesta a la propuesta.

—¿Y pensabas que no estabas calificada para hablar del tema?. Muy brillante, Jennifer. Juzgando por tu apariencia, no lo hubiese esperado.

Sexista cabrón. —Espero no haber hablado cuando no me tocaba.

—Por supuesto que no. Te pedí tu opinión. Solo que no esperaba que fuera una opinión tan informada.

Me sentí insultada pero no lo exterioricé. En lugar de eso, sonreí.
—Llevo los negocios en la sangre. Es una de las razones por las cuales
estoy con Alex. Finalmente alguien con quien puedo hablar y me
entiende.

—¿Me pregunto con quién más podrías hablar que te entienda?

No me dio la oportunidad de responder.

—Estoy ansioso por ver la propuesta— dijo Cyrus. —¿Me la envías
por correo electrónico directamente a mí, Alex? No hay necesidad de
copiar a mi padre.

—Por supuesto.

—¿Mañana por la tarde?

—La tendrás a mediodía.

—Me mantendré en contacto, cuanto más temprano mejor. Te
agradezco que hayas pensado primero en mí. ¿O fue idea de Jennifer?

—No, de Alex— respondí.

—Jennifer tiene razón— dijo Alex. —Nos conocemos desde hace
años, Cyrus. Estabas en la cabeza de la lista. Por supuesto, que primero
me hubiera acercado a ti.

—Otros hubieran acudido a mi padre. Trabajaremos algo juntos.
Me aseguraré de eso.

—Gracias, Cyrus.

—Hablamos mañana—. Me dirigió la mirada. —Fue un placer
conocerte, Jennifer. Un gusto. Alex es un hombre afortunado.

—Sé que lo soy, Cyrus— dijo Alex. —Hasta mañana—. Me cogió
de la mano y nos perdimos entre la multitud.

CAPÍTULO VEINTE

Con la mano de Alex apretando la mía firmemente nos alejamos de Cyrus, pasamos por la piscina burbujeante, subimos un tramo de escaleras y recorrimos el pasillo que llevaba al Grille Room y a la salida.

La gente trataba de pararnos para hablar con Alex, pero él solo asentía con la cabeza amablemente y sonreía, algo que parecía poco usual en él.

Dado el paso ligero que llevaba, la velada obviamente había terminado. Nuestra misión se había cumplido. No había duda de que Cyrus respondería positivamente a la propuesta de Alex. Pero en este momento era palpable que Alex no estaba contento conmigo.

Lo miré de reojo y vi su rostro serio. Inexpresivo. Parecía otra persona. Cualquier calidez o sentido del humor que me había mostrado antes había desaparecido.

¿Qué hice mal? ¿Realmente le importaba que le hubiera dicho que pensaba que Cyrus era apuesto? ¿Era eso? ¿O que otros hombres me ofrecieran bebidas? ¿O que Cyrus no parara de flirtear conmigo? Nada de esto tenía sentido. ¿Por qué habría de importarle? Yo era un objeto para él. Eso fue lo que acordamos. De nuevo, lo único que podía imaginar es que al decir que Cyrus me parecía atractivo rompí la ilusión de que éramos pareja. Nada más de lo que sucedió estaba bajo mi control. Me parecía absurdo que hubiera reaccionado con tal vehemencia a mi metedura de pata y a los avances de Cyrus cuando él claramente señaló que era un acuerdo de negocios. Podía estar equivocada, pero mi instinto me decía otra cosa.

Se oía una orquesta tocando en el Grille Room. Antes, cuando llegamos, no había orquesta o baile. Pero ahora, en el fondo del salón, podía ver gente bailando un vals mientras sus cabezas bajaban y subían con la música.

Un camarero se nos acercó con copas de champán en una bandeja de plata. Traté de detenerme para tomar una pues tenía sed, pero Alex no parecía dispuesto. Tiró de mí hacia adelante y pasamos por alto al camarero. A la derecha estaban las escaleras que conducían a la calle. Esa noche había terminado con un punto de exclamación. De alguna manera la había echado a perder. Aparentemente, por alguna razón, este era el final de la relación entre Wenn Enterprises y yo.

—Alex— le dije.

Se dirigió a mí con una mirada acerada. —¿Quieres bailar conmigo?— preguntó.

Me sorprendió la pregunta. Yo daba por cierto que ya nos íbamos. Como no le respondí inmediatamente, él añadió: —Hoy dijiste que hacía mucho tiempo que no bailabas. Me gustaría bailar contigo. ¿Aceptas?

Nos detuvimos al lado de las escaleras.

—¿Estás molesto conmigo?

—Te estoy preguntando si quieres bailar. Es parte de nuestro acuerdo. Tú dijiste que bailar estaba permitido. Me gustaría bailar este vals.

—No he bailado en años. No quiero avergonzarte.

—Te mueves muy bien. Lo acabas de demostrar. Todo lo que tienes que hacer es seguirme.

Me miraba con una intensidad que quemaba. La invitación a bailar no era una pregunta. Era un motivo para romper el acuerdo si me negaba.

—Por supuesto. Me encantaría bailar contigo— dije.

—Entonces vamos.

Me condujo a la pista de baile entre la multitud arremolinada. Puso la mano derecha en el centro de mi espalda, levantó mi mano derecha con la izquierda, me empujó hacia él y comenzamos a bailar el vals.

Solo que este no era un vals cualquiera.

Alex se hizo cargo de inmediato y empezó a hacerme girar agresivamente hasta producirme vértigo. Unas personas despejaron el camino para nosotros y otras se hicieron a los lados para ver a Alex llevarme a través de la pista con soltura, los pasos tan rápidos y precisos que tuve que confiar totalmente en él para seguirlo, verme elegante y estar segura de que no íbamos a hacer el ridículo por mi culpa.

Por algún motivo me estaba desafiando. Si tropezaba, me haría hacer el ridículo. No sabía por qué estaba haciendo esto, pero lo estaba haciendo, y estaba perdida si él me ganaba. Cuando era joven y mi madre estaba sobria, ella se aseguró de que yo tuviera clases de baile durante años y disfrutara como ella cuando niña.

Lo que recordaba del vals era que para bailarlo bien tenía que dejarme llevar totalmente por mi pareja y eso hice. Me incliné hacia Alex, di vueltas con él, y eché mi cabeza hacia atrás mientras él me hacía girar, girar y girar y la gente comenzaba a seguirnos con interés. Dí un par de pasos en falso, que maldije para mis adentros, pero cuando él decidió llevarme a un medio giro abierto, ya estaba preparada. Estiré la pierna izquierda hacia atrás tanto como pude y él hizo lo mismo con su pierna derecha. Nos mantuvimos brevemente en una postura dramática, de romance, con nuestros rostros mirando a lados opuestos del salón, y luego él me acercó de nuevo a su cuerpo y terminamos el baile entre una avalancha de aplausos.

Alex tomó mi mano y se inclinó mientras yo hacía una reverencia. Escuché como alguna gente gritaba su nombre y entonces, con cara de enfado, abandonó la pista de baile cuando la orquesta comenzaba de nuevo, esta vez con un vals lento.

Lo empujé hacia mí.

—Todavía no hemos terminado— le dije.

—Sí, hemos terminado.

Puse mis brazos alrededor de él y no le dejé otra opción que bailar. Demasiada gente nos estaba mirando para que él se fuera en este momento. Él lo sabía perfectamente. Nuestros cuerpos de nuevo se volvieron uno. Comenzamos a movernos. Lo miré y vi una mezcla de emociones en su cara difícil de descifrar.

—¿Cuál es el problema?— le pregunté.

—Yo no tengo ningún problema.

—Acabas de intentar ridiculizarme y fallaste. Puede que no provenga de ninguna parte, Alex, pero eso no quiere decir que no sepa cómo bailar vals. Mi madre se aseguró de que aprendiera.

—Aparentemente, no hay nada que no seas capaz de hacer.

—¿Y eso qué significa?

No respondió.

—¿Por qué me quieres sabotear así?— le pregunté.

—No dramatices.

Y luego, sin un rastro de ironía en su rostro, me miró a los ojos y me inclinó hacia atrás de una manera teatral. El movimiento fue tan agresivo y me lastimó tanto el brazo que casi me caigo, pero pude enderezarme antes de perder el equilibrio. El me levantó de nuevo.

—¿Qué pasa contigo?— le dije al oído. —Me has lastimado. ¿Cuál es tu problema? Compórtate como un adulto. ¿Qué pasa?

—No quería lastimarte.

—Bueno, pero lo hiciste. Me lastimaste el brazo.

—Pensé que esta noche estábamos juntos.

—Tenemos un acuerdo de negocios. A todos los efectos, estamos juntos. Hace un momento, todo el mundo en ese salón pensó que éramos la pareja más feliz sobre la faz de la tierra.

—¿Incluidos los que te mandaron bebidas?

—¿Y eso es culpa mía?

—¿Y Cyrus, que obviamente te hubiera llevado a casa si lo dejas?

—Ese es su problema, no el mío. No volví a entablar conversación con él. Desvié todos los cumplidos hasta donde pude.

—Si fuéramos una pareja, nunca hubieras dicho que encontrabas a Cyrus atractivo.

Traté de mantener mi voz baja. —Lo siento pero no somos pareja. Tú eres mi jefe. Hoy, llegamos a un acuerdo al cual yo me he ceñido. Y luego está Blackwell. Ella me dijo que me alejara emocionalmente de ti, que yo solo sería un objeto para ti. Ella me previno contra ti.

—¿Qué hizo ella?

—Pregúntale. Y por cierto, Alex, Cyrus es atractivo, al menos físicamente. De lo contrario lo encuentro risible. No podía soportar sus ojos puestos en mí. Le deseo buena suerte. Es un pobre imbécil. Y con toda seguridad no es mi tipo.

—¿Cuál es tu tipo?

—¿Importa? ¿Por qué no nos vamos?

—Porque estamos en la mitad de la canción. Querías bailar esta pieza, pues terminémosla. ¿Cuál es tu tipo?

Si no me quedaba, perdería un día de salario y no podía darme ese lujo. Después de comprar el vestido de Prada y los zapatos que me puse para la entrevista con él, necesitaba ese dinero más que nunca así fuese menos de mil dólares. Mil dólares era mucho dinero para mí. A mí también me serviría mantener mis propios lobos a raya. Así que bailamos.

—Te hice una pregunta.

—¿Realmente tiene importancia?

—¿Por qué estás siendo tan hostil?

—Te podría hacer la misma pregunta a ti. Quisiste que yo fuera el hazmerreír en la pista, pero fallaste.

—El baile no ha terminado todavía.

—¿Qué pretendes con esto? Si tratas de hacerme algo, prometo por Dios que nos tropezamos los dos. Y los dos nos vamos al piso. Puedes estar seguro de eso, Alex.

—Yo no haría eso.

Me incliné para hablarle al oído. —¿De verdad? Porque tú no me dices lo que tengo que hacer. Aún peor es que tú sabías exactamente lo que me estabas haciendo durante el último baile, pero no te salió bien. Lo lamento, alguien tenía que perder y en este caso fuiste tú. Y por cierto, Alex, sí, yo sé que tienes mucho dinero, obviamente, ¿pero realmente crees que eso significa algo para mí? Si eso crees, me temo que ciertamente no sabes nada de Maine o de su gente, a quien dices conocer porque pasaste algunos veranos allá y te mezclaste con la gente del pueblo. Ya sabes, gente como yo. ¡Me alegro por ti! ¡Qué humildad de tu parte! Lástima que no aprendieras nada de la experiencia.

Él me dio la vuelta, pero volví a su oído. —Te diré cómo somos. No se trata de dinero para nosotros. Se trata de las relaciones. Yo podría regresar con Cyrus inmediatamente, hacerlo babear y vaciar sus bolsillos durante un año o más. Pero esto no va a pasar por dos motivos. Primero, yo me respeto a mí misma. Segundo, él no es para mí. Nunca he estado en una relación con nadie. Esto ha sido *por elección* y por una buena razón. Estoy esperando a un caballero. Rico o pobre, eso no importa. Finalmente, lo encontraré. Y voy a ser feliz cuando esto suceda porque el dinero no nos va a definir a nosotros. El dinero solo arruina las cosas. Tú serías otro sin dinero. ¿Lo sabías? No, creo que no. Después de lo que acabas de hacer, ya no estoy interesada en este trabajo, renuncio.

La canción terminó.

Me alejé de él, lo escuché decir que estaba de acuerdo conmigo pero ya no me importó. Yo ya había terminado. Discretamente caminé hacia el fondo del salón donde me solté el pelo y lo sacudí. Luego me quité el collar, el anillo, la pulsera y los aretes y se los entregué. —Quédate con las joyas —dije— no las quiero ni el vestido, ni los zapatos. Pero me tienes que pagar por el día de hoy porque mi tiempo vale algo. También te ayudé a sellar un acuerdo pero no te pido que me des una tajada, a pesar de que maldita sea si la merezco. Considéralo como un regalo de mi parte. Dejé el bolso de mano de Blackwell en el coche. Asegúrate de devolvérselo. Mañana tendrás de regreso el vestido y los zapatos.

—¿Por qué estás haciendo esto?

—¿Hablas en serio? Ya han abusado bastante de mí en la vida. Ningún hombre jamás me volverá a tratar como tú lo acabas de hacer.

—¿Qué quieres decir con que han abusado bastante de ti?

—¿Y a ti qué te importa? Mantente lejos de mí.

Pasé por delante de él.

—Jennifer.

¿Cómo iba a regresar a casa? No tenía dinero para un taxi y ni hablar de poder caminar hasta la casa de noche con esta pinta. Cualquier cosa me podría suceder si lo hacía. Miré alrededor y vi el bar al frente de mí. De nuevo estaba rodeada de hombres, ni una mujer. Qué más daba. Fui hasta allá. Dos hombres mayores me abrieron el paso y me incliné para hablar con el barman. —Necesito usar su teléfono.

—Alex— dijo uno de los hombres. —¡Qué alegría verte!

—Jennifer.

El barman me alcanzó un teléfono inalámbrico. Traté de recordar el número del móvil de Lisa. Dejé mi propio móvil en casa. Siempre que la llamaba, simplemente seleccionaba su nombre de mi lista de contactos. No podía recordar cuándo había sido la última vez que había marcado su número. ¿Cómo era su maldito número? ¿Por qué se me ponía la mente en blanco?

—Por favor vuélvete.

—Son muchos diamantes los que llevas en las manos, Alex. Si la joven no los quiere, estoy seguro de que mi esposa sí lo haría.

El hombre se rió.

Escuché el tintineo de las joyas detrás de mí al pasar de unas manos a otras.

—Por favor dáselas en mi nombre.

—Alex, yo solo estaba bromeando.

—Son un regalo. No las necesito, Jon. De verdad, acéptalas. Es un placer.

El hombre a mi izquierda me miraba fijamente. Era mayor, seguramente cercano a los setenta, con una cara amable. No podía acordarme del número de Lisa. Recurrí a él.

—¿Qué necesita?— preguntó.

Se pudo dar cuenta de que estaba en un apuro. No podía creer que le iba a pedir dinero a un completo extraño, pero estaba desesperada.

—Olvidé mi bolso de mano en el coche de otra persona. Necesito dinero para un taxi pero no tengo con qué llegar a casa—. Buscó el bolsillo de su chaqueta, sacó un grueso clip con billetes y lo bajó hasta su regazo para que nadie lo viera. Sacó uno de los billetes. —¿Será suficiente?

Bajé la mirada. Era un billete de cien dólares. Mis ojos se llenaron de lágrimas cuando levanté la vista. —Siento mucho que haya tenido que pedirle pero a la vez estoy muy agradecida. No se imagina lo que esto significa para mí.

Él apretó el billete en mi mano. —Soy mucho más viejo que usted— dijo, —estas cosas pasan. Todos fuimos jóvenes alguna vez. Váyase con cuidado a casa. Tal vez todo se resuelva.

—Gracias.

Me volví y vi a Alex parado directamente detrás de mí, sabía que él no intentaría nada aquí. No delante de estos hombres. Pasé por delante de él y me dirigí a la salida esperando que él no me siguiera, pero no fue así.

—Jennifer— dijo.

—Te dije que te mantuvieras lejos de mí.

Recogí mi vestido y corrí escaleras abajo. Tenía que salir de allí. Atravesé el *lobby* hasta la puerta oyendo sus pisadas detrás de mí y salí cuando uno de los hombres que estaban al lado de la puerta la abrió para mí.

—Solo dame un minuto para explicarte.

¿Para qué? El acababa de revelarme quién era. Yo no iba a darle nada. Bajé a la acera y miré al fondo de la estrecha calle en busca de un taxi. No había ninguno allí, pero seguramente habría alguno en Park Avenue y me fui en esa dirección. Alex se me acercó y mantuvo mi paso.

—No hay necesidad de esto. Sé que cometí un error. Déjame llevarte a casa. Podemos hablar de esto en el coche. Me puse celoso hace un momento. No entiendo qué me pasó. Te pido disculpas.

Me volví a mirarlo. —¿Celos de qué?

—De que lo encontraras atractivo. De que él y otros hombres te encontraran atractiva. De que unos hombres te invitaran a una bebida.

—¿Se me está escapando algo aquí? Me han arreglado así por un motivo. Me pagan por ser tu acompañante. Eso es todo. Tú y Blackwell me dijisteis que era para eso únicamente. Yo he sido más que profesional. Mantuve a raya al dragón de Inmaculada para ayudarte. También te ayudé con Cyrus. Te di ese ángulo. Está bien, dije que Cyrus me parecía tractivo, ¿pero a quién le importa? ¿Por qué habría de importarte? Cuando nos conocimos me dijiste que no tenías tiempo para una relación. Dijiste que querías concentrarte en tu trabajo y que te dejaran solo para hacerlo. Dijiste que no querías mujeres que te distrajeran. Dijiste que no querías envolverte afectivamente. ¿Recuerdas que lo dijiste? ¿Me estoy imaginando realmente esa conversación? No, no lo estoy. Me contrataron para mantener a raya las lobas y eso hice. Me contrataron para asegurarme de que podías hacer tu trabajo y eso hice. El acuerdo estaba claro para mí. Un comentario que salió de mi boca, unas bebidas que me llevaron y de un momento a otro estás irritado y decidido a humillarme delante de todos. Bueno, no te ha salido bien, Alex. Me lastimaste el brazo a propósito. Querías lastimarme, lo lograste y ya no trabajo más para ti. Buenas noches.

—Dame otra oportunidad. No estaba preparado para esto. No estaba preparado para ti.

¿Qué significa eso? Decidí no ponerle atención y busqué un taxi.

Había uno bajando por Park Avenue. Le hice una señal con la mano, el conductor me vio y se orilló. *Gracias a Dios.*

Corrí tan rápido como pude, abrí la puerta de atrás y entré con cuidado de no arruinar el caro vestido. Tan pronto como cerré la puerta, le dije al conductor que arrancara.

No miré, pero sabía que Alex estaba de pie en la acera viéndome partir. ¿Había hecho lo correcto echando por la borda este trabajo? Absolutamente. Yo no era propiedad de nadie. No tenía por qué ser tratada así ni nadie tenía por qué aprovecharse de mí. Había aprendido bastante de mi puñetero pasado con mis padres. Y hacía mucho tiempo me había prometido a mí misma que no tendría nada que ver con una persona que me tratara con la falta de respeto que lo hizo Alex. No podía hacerme esto a mí misma de nuevo.

—¿Para dónde vamos?— preguntó el conductor.

Le di mi dirección, bajé la ventana y dejé que el ruido de la ciudad y la brisa cálida me invadieran. Mañana le devolvería el vestido y los zapatos. Luego buscaría un trabajo de camarera en uno de los mejores restaurantes de la ciudad y me olvidaría de esta situación.

CAPÍTULO VEINTIUNO

Cuando regresé a casa, Lisa me estaba esperando. Estaba en el sofá cama leyendo un libro en su Kindle y con un martini en la mesa de al lado.

Me dirigió la mirada cuando entré al apartamento. —¿Qué estás haciendo aquí? Todavía es muy temprano. Pensé que llegarías tarde.

—Yo también pensé que llegaría tarde. Digamos que estaba equivocada con respecto a muchas cosas—. Me quité los zapatos en la puerta y vi que se levantaba de la cama con una expresión de preocupación en su rostro.

—¿Estás bien?

—No.

—¿Qué pasó?

—Necesito un trago.

—¿Quieres un martini? Yo me estoy tomando uno.

—Por supuesto. Tres aceitunas. Que sea *sucio* y que esté frío.

—Yo sé cómo te gusta. Me gustaría que tuviéramos un mejor vodka. Apreté su hombro con mi mano. —Algún día será. Déjame quitarme este vestido que no es mío y hablamos.

—Esto no suena bien.

—No lo es.

—Jennifer, sea lo que sea, lo lamento.

—Ya se pasará. Seguro, esta noche renuncié a un trabajo bien remunerado, sin contar los espectaculares diamantes incluidos en el paquete de beneficios y que ya devolví, pero realmente aprendí mucho durante el proceso. Tú más que cualquier otra persona sabes cómo me trataban mis padres, especialmente mi padre. Salí de Maine porque me negué a dejar que volvieran a abusar de mí. ¡Y adivina qué! Esta noche fue una prueba. Esta noche mantuve mi promesa de no permitir que nadie me volviera a tratar como basura de nuevo. ¿Sabes qué es lo mejor? Podré dormir esta noche y mañana por la noche y todas las demás noches porque nada de lo que ha pasado esta noche tiene que ver conmigo. Todo es su culpa. ¡Qué se joda!

Fui a mi cuarto, que a este punto debería ser el de Lisa, me cambié y me puse un short y una camiseta sin mangas. Coloqué el vestido sobre la única silla de la habitación con el mayor cuidado posible. Después me reuní con Lisa en la puerta. Tenía un martini en la mano y una mirada de preocupación en su rostro. Ella era mi familia. Siempre lo sería. Le di un beso en la mejilla, le agradecí por siempre estar a mi lado y luego tomé un buen sorbo de mi trago.

—¡Dios, está fuerte!

—Es una porquería de vodka pero es lo que está a nuestro alcance.

—No importa. Se siente bien de todas maneras.

—Una porquería de vodka realmente frío puede producir ese efecto en las circunstancias adecuadas.

—No olvidemos eso— dije levantando mi copa. —Brindo por la porquería de vodka frío que apenas nos podemos permitir. Existe por una buena razón.

—Eso, eso— dijo Lisa.

Tomé otro sorbo y dejé que el vodka me bajara. Era como la gloria si no fuera porque estaba tan fuerte que me quemaba la garganta. Pero era mejor que nada y estaba surtiendo efecto. Estaba contenta de que así fuera.

—Y bien, ¿qué ha pasado esta noche?— preguntó Lisa.

Le conté todo. Cuando terminé, la miré. —¿Hice lo correcto o reaccioné exageradamente?

—¿Dices que te lastimó el brazo?

—Sí.

—¿Intencionalmente?

—Para serte honesta, no lo sé.

—¿Estás segura de que intentó hacerte caer durante el vals?

—Si no hubiera sido capaz de seguirle el paso, me hubiera ido al suelo. Él lo sabía. Yo diría que fue con intención.

—Bueno, es complicado.

—Se portó como un cerdo en la pista de baile.

—Se intoxicó de celos antes de salir a la pista. ¿Qué fue lo que dijiste que él dijo acerca de que no estaba preparado para ti?

—Solo eso. Él dijo algo así como darle otra oportunidad. Dijo que no estaba preparado para esto o para mí.

—Tal vez no lo estaba. Jennifer, tú no te ves a ti misma como te ven los demás. Llevo años diciéndotelo. Sigues viendo a la persona que tus padres querían que vieras. Pero lo que la demás gente ve es a una mujer imponente, increíblemente inteligente. Una bella persona bella, amable, y que es muy inteligente cuando se trata de negocios. ¿Dijiste que le habías aconsejado cómo entrarle a ese tal Darius?

—Sí. Le dije que lo hiciera a través de su hijo.

—¿Cómo sabías qué decirle?

—Porque cualquiera que lea las páginas de negocios sabe que Cyrus está a punto de hacerse cargo de la compañía de su familia, pero pocos confían en que tenga éxito. Si yo fuera Cyrus, estaría sintiendo esa falta de confianza. Estaría sintiendo la desilusión de mi padre profundamente. Necesita mostrarle algo a su padre. Necesita llegarle con un negocio. Por lógica, a él había que abordar ya que su padre quiere ver iniciativa de su parte.

—¿Y Alex no había considerado ese ángulo?

—No.

—Puesto que te contrataron solo como acompañante, ¿crees que es justo decir que lo sorprendiste?

—Probablemente. Al menos, así lo que sugirió él. ¿Pero a quién le importa? Me metí en esto plenamente consciente de la situación. Él también, que fue el que puso las condiciones. Durante la entrevista, Alex me dijo que en este momento no quería nada romántico en su vida y por eso estaba buscando a alguien como yo. Dijo que no tenía tiempo para nadie. Blackwell me dijo que yo solo sería un objeto para él. Eso fue en todo lo que pensé esta noche, soy un objeto. Me advirtió que me alejara de él, posiblemente porque ella podía adivinar que él me atraía. Sí, le dije que encontraba a Cyrus apuesto, ¿pero fue eso una indiscreción dada la situación? ¿Soy responsable de que me enviaran bebidas? ¿Se me escapa algo aquí?

—El factor sorpresa puede ser algo importante. Alex estaba preparado para que se te viera muy guapa esta noche, pero no tenía idea hasta qué punto eres guapa y, francamente, inteligente. No había manera de que él estuviera preparado para ver lo lista que eres o que, sobre la marcha, pudieras darle la pauta para que él propusiera un acuerdo lucrativo. Tú eres un paquete completo. Tengo que darle la razón. El probablemente no era consciente de esto y se sintió amenazado.

—¿Por qué amenazado?

—¿Qué tal si otra persona se le adelantaba? ¿Qué tal si te perdía por Cyrus? ¿O por esos hombres que te enviaron las bebidas? Obviamente le molestó que encontraras guapo a Cyrus. Fue entonces que se convirtió en un imbécil—. Se encogió de hombros. —¿Pero quién puede entender a los hombres? Yo no puedo. Yo conozco a los zombis no a los millonarios. Pero creo que voy por el buen camino.

—Le devolví las joyas— dije. —El vestido y los zapatos se los devuelvo a Blackwell por la mañana. Dije que esperaba que me pagaran por el día de hoy pues no trabajo gratis. Tengo pensado buscar un puesto de camarera por la mañana—. Tomé un sorbo de martini, que era lo que necesitaba, y miré a Lisa por encima del borde de la copa. —Así que dime, ¿hice lo correcto?

—Tú y yo sabemos por qué nunca has tenido una relación de pareja. Viste algo en él esta noche que te hizo salir corriendo. Si crees que hiciste lo correcto, sabes que tienes mi apoyo.

—Esa es una respuesta diplomática.

—Yo creo que es más complicado de lo que crees. Creo que él reaccionó de una manera estúpida e hiriente y probablemente se está dando golpes de pecho en este momento. Por eso te siguió al salir. No creo que todo haya terminado entre los dos todavía. Ya tendrás noticias de él o de Blackwell.

—Déjalos que llamen. No me van a maltratar así. Me recuerda a mi padre. No permitiré que suceda de nuevo—. Levanté la copa. —Realmente, es una ingenuidad. Pasará de nuevo, claro que pasará de nuevo, y cuando suceda, de nuevo daré la vuelta.

—Jennifer, solo quiero que estés preparada para lo que viene.

—¿Qué será?

—Al enfrentarte a él, al abandonar el puesto, al devolver las joyas, el vestido y los zapatos y al dejarlo solo esta noche, creo que has creado una avalancha que te va a caer encima de una manera que no te imaginas todavía.

—¿Qué significa eso?

—Nadie le dice no a un multimillonario— dijo. —Ya lo verás.

CAPÍTULO VEINTIDÓS

A las cinco de la mañana del día siguiente me levanté y me duché. El vestido y los zapatos estaban embalados cuidadosamente en una caja y ya estaba en camino un servicio de mensajería de veinticuatro horas para devolverlos a Blackwell en Wenn.

El costo del servicio fue más caro de lo esperado, pero me había sobrado dinero que el señor mayor me había dado para el taxi la noche anterior, así que no tenía problema. Y ya que no había manera de que los entregara personalmente, esta era la única manera.

Lisa se despertó justo después de las seis y serví una taza de café para ella. Nos dimos los buenos días y le agradecí que me hubiera escuchado la noche anterior. Me preguntó por qué me había levantado tan temprano.

—El vestido y los zapatos van de regreso. Ya viene en camino una mensajería para entregárselos a Blackwell.

—No pierdes el tiempo.

—Quiero dejar esto atrás. Necesito un trabajo. Espero tener uno al final del día. O tal vez mañana. Tengo un par de lugares en la lista y pienso ponerme el Prada y las zapatillas para ver si consigo alguna cosa en uno de los mejores restaurantes. Tal vez algo salga bien.

—No creo que tengas ningún problema. Yo pienso que vas a conseguir algo.

El timbre sonó.

—Mensajería—. Cogí la caja de la mesa de la cocina. —Regreso en un minuto.

—¿Necesitas dinero?

—Ya está cubierto. ¡Gracias!

Cerré la puerta y bajé corriendo los cuatro pisos de escaleras. Era aún muy temprano para que hiciera calor, sin embargo ya comenzaba a subir la humedad, lo que era de alguna manera peor. Me dirigí a la puerta y la abrí para encontrarme cara a cara con Blackwell.

Sorprendida, me quedé mirándola, simplemente.

—¿Qué me estás haciendo, Maine? ¿De verdad? Son las seis de la mañana y estoy sola en uno de los peores sitios de la ciudad.

—Lo siento, Blackwell. Algunos tenemos que vivir aquí. Agradezca que no es usted—. Le alcancé la caja. —El vestido y los zapatos están dentro. Pensé que era la mensajería que contraté. No tengo la bolsa en la que venía el vestido pero ya verá que está protegido. Con suerte puede devolverlo, junto con los zapatos.

—Ya has usado los zapatos, los tacones están raspados. El vestido fue ajustado a tu medida. Ahora son nuestros.

—Solo una gota en el océano para Wenn, ¿cierto? Tal vez una joven bonita en la oficina que tenga una figura parecida a la mía se podrá quedar con el vestido y los zapatos. Porque yo no quiero ninguno de los dos.

—Maine— dijo. —Nadie tiene lo que tú tienes guardado. Nadie está cerca de tener tu cuerpo. ¿No lo entiendes? Tú también podrías quedarte con ellos.

—Entonces, ¿todo es por mi cuerpo? Me ofende eso. ¿Y mi cabeza qué? Le facilité un negocio la noche pasada. Le di la idea e hice que pasara.

—Te entiendo.

—Entonces déme el crédito que merezco.

—Alex sabe lo que usted hizo por él.

—¿Lo sabe? ¿De verdad? Porque no lo demostró.

—Ayer no, hoy sí.

—Demasiado tarde ya. Me lastimó físicamente y trató de humillarme. No voy a ser tratada así jamás. ¡Qué se vaya a la mierda!

—¿Qué pasó entre los dos anoche? Solo he escuchado un lado de la historia.

¿Estaba considerando escuchar mi versión? Me sorprendió, pero no pensaba contestarle porque para mí se había terminado la historia.

—Mira— dijo. —Alex pensaba venir. Le dije que no lo hiciera. Hablamos durante una hora anoche. Como te dije, lo conozco desde que era un niño. Me considera su tía. Le dije que me dejara hablar contigo primero. En persona. Sin llamadas telefónicas. Solo tú y yo, sin promesas de por medio. Solo una charla. ¿Qué dices?

—Ya renuncié al puesto, señora Blackwell. No hay nada más de qué hablar.

—Yo creo que sí. Creo que ha habido un malentendido. Y Alex cree lo mismo.

¿Cuántas veces en mi vida había yo escuchado a mi padre decir que lo que había hecho el día o noche anterior había sido solamente el resultado de un malentendido, que había sido simplemente un error, que la situación se le había salido de las manos y que lamentaba haberme golpeado? Demasiadas veces. Y nunca mejoró. De hecho, solo empeoró. Lo mismo sería con Alex, quien obviamente tenía problemas.

—No hubo malentendido. Alex fue grosero conmigo anoche de una manera que nunca voy a aceptar. Bueno, eso no es cierto. De hecho, Alex fue más que grosero. Se portó como un hijo de puta. Me lastimó el brazo, trató de dejarme en ridículo públicamente y no voy a aceptar eso. No si puedo evitarlo. Puede que no tenga dinero, señora Blackwell, pero lo que tengo no tiene precio. Tengo respeto por mí misma. Sé cómo las personas deben ser tratadas y no permitiré que nadie me trate de esa manera. Estoy segura de que otras personas aceptarían el comportamiento de Alex por su dinero, pero yo no soy una de ellas.

—Ya me he dado cuenta. Sé que devolvió las joyas.

—Si.

—Y respeto eso, Jennifer. Más de lo que te imaginas.

—Estupendo. Lo que espero es un cheque por el tiempo de ayer.

—Te pagarán. Me encargaré de eso—. Hizo una seña detrás de mí a una limusina que estaba esperando. —Dame una hora. Daremos una vuelta por la ciudad y hablaremos. Tengo Starbucks y donuts esperándonos en el coche. No tienes nada que perder—. Su rostro se suavizó. —¿Sabes? Si no pensara que hay una muy buena razón para estar aquí, no estaría aquí. Le hubiera podido decir a Alex que lo olvidara. Lo hubiera dejado venir por su cuenta y las cosas posiblemente hubieran empeorado. Pero no lo hice. Hay un motivo para esto. Por favor, ven conmigo y así podremos hablar de ello.

Hice un gesto con la cabeza en dirección a la caja.

—Lo siento pero no hay nada más que decir—. Comencé a cerrar la puerta. —No se preocupe, señora Blackwell. No va a tener ningún problema para encontrar otra persona que se aferre al brazo de su jefe y que posiblemente le ponga las cosas más fáciles que yo. Ya sabe, alguien como Inmaculada. Debería llamarla. Le entusiasmaría la idea.

—Alex dice que nunca va encontrar a nadie como tú.

—Y tiene toda la razón. Que lo pase bien.

CAPÍTULO VEINTITRÉS

Cuando regresé al apartamento, busqué inmediatamente mi móvil y cancelé el servicio de mensajería. Ahora necesitaba ahorrar todo el dinero posible. Tuve suerte. Pude cancelar el servicio y quedarme con mis sesenta dólares, que en este momento de mi vida eran una bendición.

Lisa estaba tomándose el café pero no estaba en la cama, que había vuelto a ser sofá. Estaba sentada en la silla cerca de la ventana abierta que daba a la calle. Cuando entré en la habitación, supe que había escuchado todo.

—¿Y?— le pregunté.

—Obviamente él no te quiere dejar ir.

—¿Por qué habría de querer? Le conseguí Stavros Shipping.

Sopló el café y asintió con la cabeza antes de tomar un sorbo.

—¿Qué tienes en mente?— le pregunté mientras me sentaba en el sofá y cruzaba las piernas por debajo de la rodilla.

—Como te dije anoche, esto es solo el comienzo. Yo escribo sobre la gente para ganarme la vida. Especialmente, gente que huye de zombis. Pero esto puede ser una metáfora para cualquier cosa. Creo que conozco el comportamiento humano y su motivación bastante bien. Alex es un multimillonario, lo que le da una ventaja sobre otros hombres. Apuesto a que no ha escuchado la palabra "no" muy a menudo en su vida y no sabe cómo procesarla. Probablemente no puede creer que de verdad le hayas negado el privilegio de estar contigo. Y lo digo en serio. El privilegio. Este es un hombre que va a regresar a tu vida antes de lo que te imaginas, Jennifer.

—Deja que lo intente. Lo dejaré callado como dejé a la Blackwell. Cuando estaba ahí abajo escuchándola hablar de malentendidos lo único que se me venía a la cabeza todo el tiempo era mi padre pidiéndome perdón. Lo que pasó fue un "malentendido". ¡No me jodas!

—A veces los malentendidos son auténticos.

—A veces lo son. Y a veces creo que estás del lado de Alex.

—No es así, pero como tu mejor amiga que ha pasado por muchas cosas contigo, te diré lo siguiente, lo que pasó entre tú y tu padre pasó entre tú y tu padre, no entre tú y Alexander Wenn. No todo el mundo es tu padre, Jennifer. Entiendo por qué te es difícil confiar en nadie, ¿cómo iba a ser fácil a estas alturas de la vida? Pero lo que no soporto ver es cómo evalúas cada aspecto de tu vida actual según lo que ocurrió en el pasado por las acciones de otras personas. Sí, claro, aprende del pasado para entender el presente. Solo que no lo uses como pretexto para cerrar todas las puertas porque es la salida más fácil. Las personas te van a fallar muchas veces en la vida. Algunas veces será con intención. Si es así, deshazte de ellas lo más pronto posible. ¿Pero si no es a propósito, o si solo hicieron una estupidez en un momento de acaloramiento? Si eso pasa, espero que recuerdes que nadie es perfecto y que pienses en darle a la gente una segunda oportunidad.

—¿Es eso es lo que crees en este caso?

—No conozco a Alex. Solo sé lo que me has contado. Anoche no pude dormir. Pensé mucho acerca de la situación y creo que lo que él hizo es pueril. ¿Si creo que lo hizo por maldad? Sólo tú lo puedes decir.

—Ya te lo dije.

—Entonces ya pasó y no tiene importancia. Jennifer, solo estoy tratando de darte un buen consejo. Estoy hablando de tu futuro, no necesariamente de tu presente. La gente te va a lastimar, aun gente buena e imperfecta. Es inevitable y no siempre malintencionado. Los buenos se arrepentirán realmente de lo que hicieron. Pero si han sido buenos contigo en el pasado o si has compartido con ellos una relación sólida, yo esperaría al menos que escucharas lo que tienen que decir. Tal vez la relación se fortalezca con eso. ¿Pero si les das esa oportunidad y otra vez la embarran? Ahí es cuando debes considerar cerrar la puerta para siempre y pasar a otra cosa.

—Yo tampoco pude dormir anoche.

—Oí que dabas vueltas en la cama. Me imagino que anoche fue difícil para ti. Estaba acostada esperando que pudieras conciliar el sueño, pero sabía que no ibas a poder. Todo lo que viviste ayer es mucho para cualquiera, y me refiero al día completo. Pero todavía estás acalorada. A medida que te enfríes, no te sorprenda tener sentimientos encontrados por tu decisión. No digas que no va a pasar, porque pasará. Creo que me dijiste que nunca te habías sentido tan atraída por alguien como por Alex.

—Eso es cierto.

—Entonces, prepárate.

En la cocina, sonó mi móvil. Miré a Lisa y dije: —No se hizo esperar—. Me acerqué para ver la pantalla. —Wenn Enterprises.

—Es él, no Blackwell. Blackwell ya tuvo su oportunidad.

—No voy a contestar.

—En algún momento tendrás que hacerlo porque esto va a seguir intensificándose. Ya verás. Te lo estoy diciendo, él no se va a desaparecer.

—Entonces me encargaré de él más tarde.

El teléfono dejó de sonar, pasó un minuto y volvió a sonar alertándome que quién llamó había dejado un mensaje.

—¿Realmente quiero escucharlo?

Lisa se encogió de hombros.

Cogí el teléfono, miré el buzón de llamadas y pensé en escucharlo, pero lo borré. Puse el teléfono de nuevo sobre la mesa y sin mirar a Lisa, que probablemente estaría pensando que yo estaba loca, fui a la habitación para planchar mi vestido y arreglarme para el día. Necesitaba un trabajo para pagar ese conjunto, sin olvidar los zapatos. O el alquiler. O la comida que necesitaba. Tenía que reponerme y volver a la lucha, solo que con un plan diferente. Sería camarera por las noches y durante el día buscaría un trabajo mejor. En eso pondría todos mis esfuerzos.

Solo que no fue así. Como estaba a punto de descubrir, Alexander Wenn se aseguró de ello.

LIBRO DOS
CAPÍTULO VEINTICUATRO

Los días siguientes, e irónicamente con la ayuda de mi maestría en negocios, la suerte finalmente me favoreció. Mi estado de ánimo se levantó, a pesar de que Alex era implacable con sus llamadas telefónicas, ninguna de las cuales yo contesté. Con el tiempo, él dejaría de molestar. Solo tenía que esperar y olvidarlo, sin importar lo fuerte que fuera la atracción que sentí por él inicialmente.

Después de haber sido entrevistada en una docena de los mejores restaurantes para camarera, sin resultado, me entrevistaron para ser la asistente del gerente de

db Bistro Moderne, un restaurante exclusivo propiedad del renombrado chef Daniel Boulud.

Boulud estaba en la ciudad, por lo que él mismo me entrevistó junto con el gerente general, Stephen Row. Los dos fueron cálidos y encantadores. Nos entendimos a las mil maravillas y me dieron el trabajo por la solidez de mi entrevista, especialmente cuando Boulud me preguntó cómo veía mi puesto.

—La primera prioridad es la satisfacción del cliente— dije. —Siempre lo es, así como garantizar un servicio profesional. La segunda es asistir al señor Row. Supongo que ayudaría a supervisar al personal de recepción, al de servicio durante las horas de comedor y a asegurarme de que todos están cumpliendo con las directrices del restaurante. Es lo que mi maestría en negocios garantiza, saber administrar precisa y eficazmente. Estoy preparada para eso.

Unos pocos días después recibí respuesta y me dieron el trabajo. El salario era más que generoso, así como el paquete de beneficios adicionales. No tenía nada que ver con el dinero que Alex me había ofrecido, sin mencionar sus beneficios adicionales, pero no podía quejarme. Podía vivir con mi salario con holgura. Podía pagar mis cuentas, incluida la de los zapatos y el vestido de Prada, que ahora me producía ansiedad recordarlos. Y con este tipo de experiencia en administración de alto perfil en mi haber, se seguirían mejores trabajos y todas aquellas puertas cerradas que encontré durante meses finalmente podrían abrirse un día para mí.

El restaurante se encontraba entre la Calle 55 Oeste y la 44, una distancia caminable desde mi apartamento, pero dado que ahora disponía de cierto dinero, coger un taxi no era problema. Durante nuestros primeros días trabajando juntos, Stephen fue de gran ayuda y, por suerte, no era un gerente obsesivo y controlador. Era un hombre apuesto de treinta y tantos años, con un mechón de pelo rubio y ojos castaños salpicados de pecas verdosas. Era un verdadero profesional y lo que esperaba de mí era simple: administrar al personal, atenderlo cuando necesitaba mi apoyo y también algo que me parecía realmente emocionante del trabajo, estar atenta a las últimas tendencias para mantener el restaurante siempre de moda.

—Obviamente le dejaremos la comida al señor Boulud— dijo Stephen. —Pero tienes estilo, Jennifer, y eres muy inteligente. A estas alturas, eso es claro para todos nosotros. Siempre estás impecable. Eres joven también, y si se me permites decirlo, todos los empleados están de acuerdo con que eres espectacular, lo cual es una ventaja. Tú eres exactamente la persona que necesitamos para decirnos hacia dónde se mueve la ciudad, no dónde está ahora. Una noche a la semana, una noche de trabajo, quiero que lleves a un amigo al nuevo local que esté de moda en la ciudad, que pruebes una variedad de platos y lo pongas en la tarjeta de la empresa.

—¿Tengo tarjeta de empresa?

Me entregó una tarjeta Visa Signature que yo sabía era una de las tarjetas de Visa más difíciles de obtener porque el límite de crédito era muy alto. La tarjeta estaba a mi nombre. Sentí un hormigueo.

—Ahora tienes una—dijo . —Y no seas austera.

—¿Cómo podría con esta tarjeta?

—No esperamos que compres diamantes con ella, Jennifer.

—Una chica puede soñar.

Me sonrió. —Prueba tantos platos como puedas. Solo pruébalos, saboréalos y pasa al siguiente plato. Puedo encontrarte lugar en el restaurante que quieras, solo avísame qué has oído y a dónde quieres ir. Puede que haga mis propias sugerencias. Ya veremos. De todas formas, me aseguraré de que tengas una buena mesa. Luego necesito que me informes al día siguiente sobre cómo fue la experiencia. Así es como nos mantenemos por delante de la competencia. Así es como triunfamos.

Era un trabajo de ensueño. Y finalmente podría invitar a Lisa, lo que era muy importante para mí. Ella había escuchado mis trágicas penas de amor durante demasiado tiempo y había aguantado mi falta de dinero por meses. Ahora podría colmarla con bebidas y buena comida una noche a la semana, lo cual era perfecto pues ella era una perfecta gourmet y lo agradecería. Además también daría su opinión sobre la calidad. Cuando llegué a la casa con la tarjeta y le conté de mi nuevos ventajas, ella me abrazó. —Me voy a suscribir al Times en línea ahora mismo, así puedo revisar las columnas sobre comida. ¡Cómo vamos a engordar!

—¡Oh, no, no va a pasar! A menos que tus zombis puedan devorarnos sólo las grasas.

—Puedo hacer que eso pase.

Después de una semana de trabajo, ya sabía el ritmo al dedillo. Stephen y yo trabajábamos intuitivamente y disfrutábamos el uno del otro, lo cual era clave. Los camareros eran bien educados y profesionales, verlos trabajar constantemente en un espacio tan pequeño les hizo ganar mi respeto y admiración. Ofrecer buen servicio no era fácil. Pero cuando lo parecía y cuando la comida era excelente, como lo era allí, los clientes en general vivían una experiencia superior.

Después de tanto tiempo en Nueva York, finalmente sentí que pertenecía a un sitio, y no cualquier sitio pues yo sabía que mi trabajo era codiciado. Me sentía agradecida y feliz. Y en dos días, Lisa y yo iríamos a comer a uno de los nuevos restaurantes de moda que estaba ganado los elogios de la prensa. Le dije a Stephen que me gustaría comenzar por un nuevo restaurante llamado Blue. Él había leído algo en el Times y arregló todo.

—¿Cómo lo hiciste?— le pregunté. —Seguro que no tenían mesas disponibles para las próximas semanas.

—A decir verdad, meses. Pero no te preocupes por eso. A donde necesites ir, solo avísame. Puedo incluso entrarte a ti y a tu amiga en los mejores *clubs* de la ciudad cuando salgáis de noche.

—¿Puedes?

—Ajá. Es un placer. Y no veo la hora de saber qué tal está Blue. Prueba tanta comida como puedas, aunque sea solo un pequeño bocado y luego pides más y me cuentas.

¿Estaba en el cielo? Aparentemente sí. La especialidad de Blue era el marisco, que nos encantaba a Lisa y a mí.

—Diviértete— dijo Stephen. —Quiero que me digas cómo es el ambiente, la calidad del servicio, la calidad de la comida y las bebidas, cuáles son sus mejores especialidades, todo eso.

—Gracias, Stephen.

—No me lo agradezcas— dijo con una mueca. —Tú eres la que va a ganar cinco kilos este mes. Mejor inscríbete en un gimnasio.

—¿Puedo ponerlo en mi tarjeta de crédito?

—Ya veremos cómo te ves en unas pocas semanas.

Cuando anocheció, Lisa y yo estábamos más que entusiasmadas. Nos arreglarnos a la carrera al aire fresco del súper acondicionador que ahora teníamos en la ventana del salón gracias a una salida de compras virtual en Amazon.

—¿Cuándo fue la última vez que tú y yo salimos a alguna parte?— me preguntó.

Estaba en el baño maquillándome. —¿Quieres decir más allá de la lavandería?

—¡Sí! me refiero a una verdadera salida solo-chicas de noche.

—Oh, eso fue hace casi cuatro meses. Me acuerdo bien. Burger King. Justo antes de entrar en Manhattan. Habíamos conducido desde

Maine durante toda la noche. Nos detuvimos porque necesitábamos entrar al baño y estábamos que nos moríamos del hambre, y cada una devoró una Whopper con patatas fritas en una mesa pegajosa.

—Creo que hasta devoramos algo que parecía todavía congelado.

—Creo que sí. Creo que esta noche va a ser mejor.

—No más *palitos* de pescado congelado para nosotras.

—¿Qué te vas a poner?

—Algo sexy. ¿Y tú?

—Algo más sexy.

— Imposible. Lo mío es al estilo zombi.

—En ese caso....

—Por cierto, hoy terminé el tercer borrador del libro, debe estar listo para que lo leas en un par de semanas. Necesito dejarlo algún tiempo, luego hacer la edición final y es todo tuyo.

—Entonces lo celebramos esta noche. Felicitaciones. No puedo esperar a leerlo.

—¡Gracias! Este libro casi me mata, así que, naturalmente, me compré un vestido de muerte para celebrarlo. Estoy segura de que a mis zombis les encanta el pescado y quieren que me vea bien comiéndolo. O cualquier cosa medio cruda. Mírame. Contempla mi belleza. Detente y goza de la visión.

Salió del baño. Tenía puesto el perfecto vestido negro corto que, por ser tan delgada, solo ella podía ponerse. Su pelo rubio estaba peinado hacia atrás y caía recto sobre su espalda. —Estás preciosa.

—¿No sexy?

—Muy sexy.

—¿De verdad? Este tipo de sexy no se lo encuentra uno todos los días.

—Eso es cierto.

—¿Estás lista?

—Solo necesito secarme el pelo y cambiarme. Quince minutos.

En la cocina, sonó el móvil.

—No contestes— dije. —Encendí el secador y comencé a secarme el pelo. Lo que no le diría a Lisa era que algo en mí quería contestar. Estaba comenzando a cuestionarme el haber dejado a Alex esa noche. Cuánto más me alejaba de lo que pasó, más me preguntaba si había reaccionado de una manera exagerada. No había duda de que él había ido demasiado lejos, ¿pero sus acciones justificaban que lo hubiera sacado de mi vida y no me comunicara con él? Estaba confundida, especialmente porque me había lastimado, física y emocionalmente. Me preguntaba qué tendría que decir, pero seguía borrando los mensajes de voz. Era una reacción incontrolable. Esa noche me recordó a mi padre y cómo me trataba. Pero de todas formas pensaba en él. De todas formas, fantaseaba con él. Me había sentido atraída por un par de chicos en la universidad, pero nunca hice nada al respecto por motivos a los que todavía no era capaz de enfrentarme totalmente. ¿Pero Alex? Su aspecto me derritió. Lo mismo que su amabilidad cuando corrió por la calle y me ayudó a recoger mis currículos. Lo hizo impulsivamente. Había sido un caballero. ¿Era ese el verdadero él? No estaba segura. Podría haber cometido un error con él, pero así estaban las cosas. Por algún motivo, se volvió un idiota esa noche. Y eso no podía ignorarlo.

Terminé lo que estaba haciendo en el baño y me puse un vestido corto rojo para la noche. No era nuevo. Era algo que tenía desde hacía algunos años, no había sido caro, pero me encantaba. Cuando le mostré a Lisa lo que me iba poner, ella me sonrió.

—Siempre me ha gustado ese vestido.

—Es tan viejo— dije.

—¿De verdad? Porque en Blue nadie lo ha visto. Para todos allí, es nuevo.

—Te adoro, Lisa.

—Yo te quiero más. Ahora vamos a comer y a beber. Nos merecemos un martini con un buen vodka. Seguramente necesitaré tres.

—Supongo que podemos hacer lo que queramos. Es lo que se espera de mí. Solo necesito estar lo suficientemente sobria como para darles un informe completo mañana.

—Yo te ayudo por la mañana— me dijo. —Soy una artista muerta de hambre. Si esto es algo semanal, estoy para ayudarte a salir de copas.

La tomé de la mano cuando salíamos. —Gracias— le dije.

—¿Por qué?

—Tú sabes por qué. No finjas que no lo sabes. Yo te tengo mucho cariño y te estoy muy agradecida.

—Amigas— dijo mientras salíamos del apartamento. —No hay nada como las amigas.

CAPÍTULO VEINTICINCO

Fue al final del undécimo día de trabajo que salí del restaurante y encontré una limusina reluciente justo al frente. No le presté mucha atención pues *db Bistro* atraía todo tipo de clientela y también porque había dos hoteles a cada lado de la calle. Pero cuando salí a la acera para llamar un taxi y la limusina se me acercó, me di cuenta de lo que pasaba aun antes de que bajara la ventana trasera y viera su cara.

Alex.

El saltó del coche a la acera, y mentiría si dijera que el corazón no se me aceleró. Llevaba unos vaqueros desteñidos que dejaban poco a la imaginación y una camisa blanca que caía holgadamente sobre su torso musculoso. No es que le ocultara nada. De todas se podía ver su cuerpo independientemente de lo suelta que estuviera la camisa. Nada podía ocultar lo musculoso que era. Calzaba sandalias.

Nunca lo había visto vestido tan informal. Me encantaba como estaba con traje, pero esto era diferente. Se veía mucho más que sexy y, aun ahora, para mí era imposible no responder físicamente. Era la manifestación de todo lo que yo podía encontrar atractivo en un hombre.

Lisa prometió que en algún momento esto iba a suceder, y aquí estaba.

Se dirigió hacia mí. —Jennifer— dijo.

Estaba agradecida de que pudiera ponerme lo que quisiera para el trabajo siempre y cuando estuviera de moda y fuera profesional. Esa noche, llevaba el pelo suelto, un par de pantalones color hueso de Dior que encontré en una rebaja en Century 21, la blusa roja era de Givenchy y unos zapatos con talón abierto de Prada, rojos, a juego, y que también había comprado en Century 21. Físicamente, sentí que estaba mejor que la última vez que me había visto, lo cual era un logro considerando lo que Blackwell y Bernie hicieron conmigo, pero que no obstante era la verdad. Yo tenía un buen trabajo y estaba contenta, lo que me daba la confianza que nunca había tenido desde que llegué a Manhattan. Lo saludé y supe que la confianza se reflejaba en mis ojos.

—Alex.

—¡Qué bueno verte!

—¿Cómo me encontraste aquí?

—Te seguí la otra noche.

—Entonces, ¿ahora me estás espiando?

—Te he llamado cientos de veces, Jennifer. Te he dejado la misma cantidad de mensajes. Como no respondiste, di el siguiente paso. Yo quería verte en persona.

—Tengo que irme.

—¿Me das un minuto?

—¿Para qué?

—¿Por qué no has respondido mis mensajes?

—Porque no escucho tus mensajes. Los borro.

Me miró sorprendido y pude sentir su decepción.

Por un rato, nos quedamos parados en la acera. La gente caminaba a través del silencio que se extendía entre nosotros como si el muro de cemento que yo había levantado entre los dos no existiera.

—De verdad me tengo que ir— dije. —He tenido un largo día.

—¿Por qué no me escuchas? ¿O hablas conmigo?

Lo señalé con el dedo. —Cuando alguien me trata como tú lo hiciste, no me merece, ni merece mi tiempo. Déjame en paz. Deja de llamarme. Estoy en un buen lugar en este momento y no estoy interesada en ti. Estoy en otra cosa.

Se me acercó. —No lo creo.

Me mantuve firme y no me moví. —Deberías.

—No te puedo sacar de mi cabeza.

—Tienen medicamentos para eso.

—Por favor no seas así. No seas tan fría. No he venido aquí a la ligera. Solo vine porque estaba claro que no ibas a responder mis llamadas. Cuando mi esposa murió hace cuatro años, nunca pensé que

encontraría a otra persona que ocupara su lugar. Pero entonces te
conocí.

Quedé sorprendida. ¿Tenía esposa? ¿Se murió? Me sentí fatal.

—Lo siento— dije. —No tenía idea.

—Eres completamente diferente a ella, pero a pesar de todos estos
años, la puedo sentir. Esto no debe tener sentido para ti, pero creo que
es ella quien me está presionando para seguir adelante con esto.

—¿Cómo murió?

—Un accidente de coche. Estaba en el móvil hablando conmigo y
atravesó la mediana de la carretera. Escuché todo lo que sucedió. Me ha
llevado años volver a encauzarme. Yo sé que ella quisiera que yo fuera
feliz. Tú me haces feliz. Lamentó haberme comportado como lo hice.
Fue inexcusable.

—Lo estábamos pasando bien. ¿Qué te pasó?

—Estaba celoso. Pensé que estabas interesada en Cyrus. Luego
llegaron las dos bebidas de extraños que te estaban echando el ojo.
Todo eso me hizo estallar. Después no estaba seguro por qué. Pero no
me llevó mucho tiempo averiguarlo. Tú eres más que impresionante,
Jennifer. Nunca había visto una persona tan rápida y brillante como tú
cuando convenciste a Cyrus de aceptar el acuerdo para su padre. Verte
en acción, me volvió loco. Y mentiría si dijera que no te encuentro
atractiva. Creo que eres muy guapa.

Ignoré lo que dijo. —¿Hiciste el negocio?

—Lo hice. Pero solo por la forma en que lo diseñaste para mí.
Por supuesto, Cyrus tenía que llevar algo sustancial a su padre, quien
estuvo encantado de que su hijo finalmente mostrara algún interés en
la compañía. Diste en el clavo. No tenía la menor idea de que pudieras
hacer algo así. Vi tu currículo, pero llevas años por encima de eso. Te
pido disculpas por todo. Quiero volverte a ver.

—Nunca hemos salido juntos.

—Jennifer, tú sabes a lo que me refiero. No actúes como si no.

Estaba abrumada. Era claro que me estaba diciendo la verdad acerca de cómo se sentía. Podía percibirlo desde donde estaba. El acortó la distancia entre los dos. Busqué un taxi.

¿Qué pasaría si lo dejara entrar de nuevo en mi vida? El solo pensarlo me paralizaba. Yo no pertenecía a su círculo. A parte de una atracción física y un interés mutuo por los negocios, ¿qué más había entre nosotros? A duras penas nos conocíamos. Sí me dejara llevar por mis emociones, sí bajara la guardia ahora, él podría arruinarme después. Había tenido suerte antes de haber podido salir de esa situación tan rápidamente como lo hice. Solo había pasado un día con él y mira lo que me hizo. Sí paso más tiempo con él y vuelve a salir con algo parecido, me destruiría. Tanto me atraía.

Lisa se me pasó por la cabeza. Fue en una de esas conversaciones a medianoche.

Sí, él podría lastimarte, Jennifer. Pero eso es cierto con cualquiera. En algún momento tendrás que arriesgarte. De lo contrario te vas a quedar sola de por vida.

Me sentía más confundida en este momento que nunca. Pero ciertas cosas nunca cambiaban, y mi guardia a pesar de todo se levantó rodeándome con alambre de espinos.

—Alex, estoy feliz en este momento. Tu mundo es complicado. Aquí, puedo hacerme un lugar. Soy gerente de uno de los mejores restaurantes de la ciudad, lo que es mejor que ser la mujer trofeo de nadie. En este momento, siento que estoy en el camino correcto. Me veo a mí misma creciendo aquí y algún día en otro sitio. Puedo usar este trabajo para conseguir otro mejor.

—Tienen suerte de tenerte. Cualquiera tiene suerte de tenerte.

—Yo tengo suerte de tenerlos. No hay drama aquí. No hay celos. Puedo triunfar por mis propios méritos. Me están ofreciendo eso y estoy muy agradecida. He esperado casi cinco meses por algo así.

Volví a buscar un taxi, pero no había ninguno, lo que era ridículo ya que el Hotel Algonquin estaba a mi derecha y el Iroquois a mi izquierda. Debería haber taxis aquí. Quería irme. Lisa estaba levantada esperándome como siempre para asegurarse de que llegué a casa a salvo. Tenía que irme.

Él me extendió la mano. Bajé la vista. La palma miraba hacia arriba.

—Alex— dije.

—Solo tómala, Jennifer. Tómala y dime que no sientes algo.

—Tengo que irme.

—Solo tómala. Si no sientes nada, te prometo que desapareceré y nunca más te volveré a molestar. Pero si sientes algo, entonces ahí tienes la respuesta a tus propias preguntas, porque creo que también has estado pensando en mí.

—¿Cómo podría no pensar en ti si llamas a cada hora?

Se sonrió. —Soy persistente por un motivo. Solo toma mi mano. Si no sientes nada, me voy.

Miré su mano por un momento. Sentí que el corazón se me salía del pecho porque recordé lo que su contacto me produjo. Recordé el calor que nos recorrió cuando él tomó mi mano por primera vez esa noche antes de entrar al ascensor. Y por segunda vez en la limusina. Y todas las otras veces esa noche antes de que todo cambiara. ¿Sería la misma sensación? Tal vez necesitaba saberlo. Tal vez eso terminaría todo. Me acerqué y puse mi mano en la suya. Lo miré a la cara y vi lo tenso que estaba. Se veía preocupado y vulnerable. Apretó mi mano y me atrajo suavemente hacia él.

—¿Lo sientes?— me preguntó.

Mis ojos se llenaron de lágrimas. Claro que lo sentía. ¿Pero qué significaba eso para mí ahora? Había estado tan bien estos últimos días. Tan difícil como fue algunas veces, había estado concentrada en mi trabajo y decidida a salir adelante. Y ahora estaba acá de nuevo, en el anzuelo y emocionalmente al desnudo. Apretó más fuerte y me acercó más hacia él.

—Eres tan hermosa— dijo.

—No sé lo que ves en mí.

—Más de lo que tú ves en ti misma.

Presionó sus labios contra los míos y eran suaves, tentadores, mejor de lo que había imaginado. Sentí su barba de dos días rozar mi mentón y un escalofrío recorrió mi cuerpo. Me fundí en su beso porque no podía negar que lo deseaba. Me besó con una pasión y una intensidad que me sorprendió y las devolví. Por un momento, no podía tener lo suficiente de él. Era mutuo. Me envolvió por la cintura tan fuerte que pude sentir su excitación contra mi pierna. Su lengua se deslizó dentro de mi boca y la probé. Tomó mi cara entre sus manos y besó mis labios, mi nariz, mi frente y luego las lágrimas que rodaban por mis mejillas.

—¿Por qué estás llorando?

—No sé.

—Y estás temblando.

No dije nada.

—Dime.

Di la vuelta y limpié mi cara con el dorso de la mano. —No quiero ser lastimada. Pienso que tú podrías terminar hiriéndome.

—¿Físicamente?

—No sé. Tal vez. Ya lo hiciste antes. Por lo menos, creo que emocionalmente. Yo no pertenezco a tu mundo, Alex. ¿Por qué no buscas a alguien que lo sea?

—Porque te quiero a ti.

—Ni siquiera me conoces.

—Al enviar de regreso a Blackwell e ignorarme durante la última semana y media, has dicho todo lo que tenías que decir sobre quien eres. No estás interesada en mi dinero, me devolviste las joyas y la ropa a pesar de que sabías que eran tuyas. Podrías haber hecho una fortuna con ellas, pero no lo hiciste. Conseguiste un trabajo y seguiste adelante. La mayoría no hubiera hecho esto, la mayoría llega con una agenda cuando se trata de mí. Tengo que lidiar con eso todos los días. Sé en qué andas conmigo. Te lo agradezco. Por favor, deja que te lleve a casa.

—Debería coger un taxi.

—No hay ninguno.

—Alguno vendrá.

—Jennifer. Es solo llevarte a casa.

Pero no lo fue. Cuando me subí a la parte de atrás de la limusina con él, tenía sus labios sobre mí de nuevo. Me acercó a él y me besó de una manera que ningún chico en la universidad lo había hecho. Una vez más, estaba perdida en su abrazo.

Y estaba muerta del miedo por eso.

CAPÍTULO VEINTISÉIS

—¿Tienes hambre?— me preguntó.

Estaba acurrucada entre sus brazos con mi cabeza contra su pecho mientras escuchaba los latidos de su corazón a un ritmo lento y firme. Estaba contento. Habíamos estado dando vueltas alrededor de la ciudad durante quince minutos y era la primera vez que no nos decíamos nada. Estábamos en silencio, nos decíamos mucho el uno al otro con solo estar juntos. En ese momento, no necesitábamos palabras para comunicarnos. Habíamos desnudado el alma en el zumbido de la ciudad.

—Podría comer algo.

—¿Qué te gustaría?

—En realidad, no importa.

—¿Sabes que me gustaría comer?

—¿Qué?

—Una hamburguesa con patatas fritas.

Levanté la cara para mirarlo. —¿Comes comida basura?

—No estoy hablando de comida rápida. Estoy hablando de una buena hamburguesa con patatas. De la buena. Fresca.

Le di un golpecito en la barriga, pero no había nada de barriga. Solo una ondulación de músculos apilados que casi me hace perder el control. —¿Por el estado físico que tienes me imagino que no comes una hamburguesa desde hace cinco años o más?

—No, no es cierto.

—¿Cuándo, entonces?

—Hace cuatro noches. Estaba poco hecha, gruesa y jugosa. Conozco el lugar si te apetece ir.

—¿Qué hay de tu cintura?

—¿Desde cuándo te preocupa mi cintura?

—Desde que a ti obviamente te preocupa.

—Saldré a correr en la mañana. ¿Te animas?

—Podría comer una hamburguesa— dije. —Pero seguramente se me iría directamente al trasero.

Él me sonrió. —Bueno. Me gusta tu trasero. Vamos a comer.

———————— ✺ ————————

ME LLEVÓ A UN RESTAURANTE en el East Village. No era nada más que un agujero, pero nada más entrar me gustó inmediatamente, me gustó el ambiente. Era juvenil y moderno, concurrido y en penumbra. Y además olía delicioso. Me recordó algunas de mis comidas favoritas en casa.

—Está estupendo— dije.

—Espera a que pruebes la comida.

—¿Vienes aquí con frecuencia?

—Una vez por semana o algo así. Cuando no quiero cocinar o me quiero desaparecer para la cena, aquí es a donde vengo. Aquí nadie sabe quién soy ni nadie me reconoce.

A la derecha se alineaban filas de asientos de vinilo rojo. A la izquierda había un bar lleno de gente. Había dos mesas libres. Elegimos una y nos sentamos uno al frente del otro. A pesar de que estaba muy arreglada para el sitio, no importaba. Ninguna pretensión en el lugar. Se sentía un ambiente de barrio. Mirando alrededor, parecía como si todo el mundo se conociera, pero sin hacerte sentir como un extraño. Fue la elección perfecta, informal y alegre, pero que permite intimidad sin embargo.

Me alcanzó un menú. —Disfruta— dijo.

—¿Dónde está lo bueno?

—En la parte de atrás.

—¿Qué vas a pedir?

—La tercera hamburguesa. Tiene por encima queso azul, cebolla roja, una tajada grande de tomate y una salsa picante que quiero envasar y llevar a casa. No sé qué es, pero es buenísima. Y claro que voy a pedir sus patatas fritas. Tal vez una cerveza.

Puse el menú sobe la mesa. —Todo eso me parece perfecto para mí también.

—¿Cómo quieres la tuya?

—Solo tienen que pasear la vaca por delante de la plancha y está perfecta para mí.

Se rió. Estaba bien verlo reír. Un camarero llegó con dos vasos de agua y Alex hizo el pedido. Las cervezas aparecieron un poco después en vasos largos y fríos y nos dejaron solos.

Levantó su cerveza hacia mí. —¿Por un nuevo comienzo?

Tomé aliento para controlar mis nervios, pero finalmente golpeé el borde de mi vaso contra el suyo. Él nunca sabría lo mucho que yo estaba arriesgando. Nunca entendería por qué me era tan difícil confiar en un hombre. Pero tenía que empezar. Él había sido sincero antes. Eso estaba claro. Era también el momento de darle la otra oportunidad que él quería. Y que yo también quería. Había algo entre los dos que era tangible. No podía ignorarlo.

Pero será la última oportunidad.

—Por un nuevo comienzo— dije.

Bebimos un sorbo de cerveza y él tomó mi mano. —Estoy contento de que estés aquí.

En ese momento, pensé en Lisa. Estaría esperándome despierta. —¿Te molesta si le envío un mensaje a mi compañera de piso? Siempre me espera levantada para asegurarse de que llegué sana y salva.

—Claro que no. Parece que tienes una verdadera amiga.

—Desde quinto curso de primaria. Lisa es mi apoyo.

Saqué mi móvil del bolsillo y le mandé un mensaje. —No me esperes. Estoy con Alex. Lo sé. Cierra la boca. Prepárate para las historias que vienen. Besos.

Cuando llegó la comida estábamos sumergidos en la conversación. Alex me preguntó de todo sobre mi trabajo y puedo decir que no era por cumplir. Me hizo una docena de preguntas, la última de las cuales me hizo reír. —¿Qué tengo que hacer para colarme en una de esas cenas gratis que tienes?

—Tienes que competir con Lisa. Pero voy a mirar qué puedo hacer.

—¿Crees que se molestará?

—A Lisa le encanta una buena comida, así que cualquiera sabe.

—¿Qué hace?

—Escribe sobre zombis.

—¿Escribe sobre qué?

—Zombis. Los muertos vivientes. Es escritora y todo tiene que ver con mundos pos-apocalípticos y carne pos-mortem. Es muy buena. Su primer y único libro hasta ahora fue un éxito de venta. Está terminando en este momento su nuevo libro. Pronto lo voy a revisar. Estoy más que orgullosa de ella.

—No creo que yo pudiera leer sobre zombis.

—Ella les pone corazón, aunque no palpite.

Me sonrió y me sentí desvanecer. —Bueno, lo que puedas hacer con respecto a la cena gratis...

—Creo que te puedo acomodar.

Más tarde, cuando estábamos comiendo una de las mejores hamburguesas que me he comido en mi vida, le pregunté sobre su trabajo y si fue capaz de continuar su estrategia como quería.

—¿Encontró Blackwell a alguien para ti?

—Nadie te puede remplazar— dijo. —No he hecho nada y no lo haré. Pero me las estoy arreglando. Al menos Inmaculada no me ha vuelto a llamar. Eso es una ventaja.

—Le dije a Blackwell que debería contratarla para ti.

—Sé que lo hiciste, pero eso no va a suceder.

—Daba miedo.

—Hay un motivo por el cual te contraté. Solo que no sabía en lo que me estaba metiendo. Lamentó mucho que me haya portado así, Jennifer.

Cambié de conversación. —¿Cómo está tu hamburguesa?

—Perfecta. ¿Y la tuya?

—Creo que la vaca apenas tocó la plancha. Está perfecta. ¿Qué tal las patatas?

—Excelentes. Sin embargo por algún motivo, quizá el cocinero te echó un vistazo, te han puesto más a ti.

—Todo es cuestión de vigilar las porciones— dije, empujando mi plato hacia él.

—Pero ten. No me las puedo comer todas. Piérdete en mi paraíso de patatas fritas y come de mí hasta que pierdas el conocimiento—. Me sonrojé de inmediato. —Eso sonó subido de tono.

Me guiñó el ojo. —Pues sí.

—Pero eso no era lo que yo quería decir.

—Se te cruzó un deseo subliminal.

—No, no es lo que quise decir.

—Si hubiera una librería abierta en este momento, te compraría algo de Freud y te animaría a preguntarte lo que realmente quisiste decir.

—He leído a Freud.

Cogió una de las patatas y se la llevó a la boca. —Entonces ya sabes a qué me refiero.

CUANDO ME LLEVÓ A CASA, lo vi mirar mi edificio y luego la preocupación en su rostro cuando se volvió hacia mí.

—¿Estás segura aquí?

—Sí, lo estoy. No nos vamos a quedar aquí por mucho más tiempo. Ya estamos buscando un nuevo sitio. Esto es lo que podíamos pagar cuando llegamos.

—¿Dónde está tu apartamento?

—En el cuarto piso.

—Tiene que hacer calor ahí.

—Acabamos de comprar un aire acondicionado y ahora está bien. Antes de eso, mi pelo ha sido un desastre durante casi todo el verano, así que tienes razón. Ha sido como una sauna. Pero nosotros los de Maine somos duros. Incluso cuando se trata de este, ejem, edificio.

—Jennifer.

—Está bien. Lisa y yo nos cubrimos la espalda la una a la otra y no somos estúpidas. Nos cuidamos mutuamente. Somos muy protectoras una de la otra.

—¿Cuándo la mudanza?

—Tan pronto como encontremos el lugar adecuado.

—Avísame si te puedo ayudar.

—Lo haré—. Puse mi mano sobre su rodilla. —Mejor nos despedimos.

—Por esta noche.

—Por esta noche.

—Gracias por escucharme.

Me incliné hacia adelante y lo besé en la boca. Sus brazos me envolvieron y me acercó apretándome. De alguna manera, en algún momento de la noche, con todos sus engaños, llegamos a esto. ¿Cómo pasó todo tan rápido? ¿Cómo llegamos aquí? ¿Es así cómo comienza una relación? ¿Con esa prisa? ¿Con esa necesidad intensa de no separarse? Nunca antes había estado en una relación así, entonces no sabía. Me besó más intensamente y supe aún menos.

En voz baja me dijo: —Me gustaría que vinieras a casa conmigo.

—Eso sería un poco rápido.

—De todas formas.

—De todas formas— repetí. —Esta chica es cautelosa. Probablemente te habrás dado cuenta.

—Probablemente sí.

—Gracias por haber venido esta noche, Alex. Te había dado por perdido. No fue fácil para mí. Pero estoy contenta de que haya sucedido.

—Solo quería que me escucharas. Lo que pasó antes no volverá a suceder nunca jamás.

¿Será así? No estaba segura. Pero en ese momento, me sentía bien y necesitaba saborearlo en lugar de cuestionarlo, que era lo que siempre había hecho con los hombres.

—La hamburguesa estaba insuperable— dije. —Espero que te hayan gustado mis patatas fritas.

—Eres increíble.

—¿Le sacas punta a todo?

—¿Cuándo es tan obvio? Sí, lo hago.

—De verdad necesitas dormir un poco— le dije besándolo de nuevo. Y otra vez de nuevo. Y tal vez una vez más. —Te veré pronto.

—¿Cómo de pronto?

—Voy a dejarlo a tu criterio—. Con un beso final que me recorrió de arriba a abajo porque intencionalmente presionó su lengua contra la mía, me bajé de la limusina, atravesé la calle corriendo, metí la llave en la cerradura y entré al edificio donde sabía que Lisa estaría levantada y al acecho.

¿A saber qué me iría a decir ahora?

CAPÍTULO VEINTISIETE

Cuando entré al apartamento, Lisa estaba allí. En las manos tenía su fiel Kindle y a su lado, sobre la mesa, tenía un martini frío preparado con el buen vodka que ahora podíamos permitirnos. Puso su Kindle sobre las piernas mientras yo me dirigía a la cocina. Saqué mi teléfono del bolsillo y lo puse sobre la mesa de la cocina. Noté que ella me estaba mirando fijamente. Tal y como yo sabía que lo haría.

—Bueno, bueno— dijo ella.

—Tenías razón.

—Cuenta.

Me senté en el sofá y le conté cómo había transcurrido la noche. Le conté cómo me lo encontré sin esperarlo en el db Bistro, cómo se desahogó conmigo y me habló de la muerte de su esposa, sobre nuestra cena, y todos los besos que hubo entre tanto.

—Ahora si estás metida hasta el fondo, muchacha.

—Lo sé.

—Pero te advertí que esto iba a suceder.

—Me acordé de ti toda la noche.

—También te dije que en algún momento de tu vida ibas a tener que confiar en alguien, aunque antes te hubiesen herido. Sucede. Pero algunas veces, si algo por dentro te dice que eso es lo que debes hacer, tienes que perdonar porque las relaciones, a veces incluso en su inicio, son difíciles. ¿Cómo estuvo él toda la noche?

—No dejaba de disculparse. Finalmente tuve que pararlo. Era franco. Tú y yo podemos oler la mierda a una granja de distancia.

—Bonita manera de decirlo. Tal vez lo use en mis libros.

—Por favor, hazlo. Es lo menos que puedo hacer.

Bebió un sorbo de martini.

—No todos los hombres son tu padre, Jennifer.

—Intelectualmente, lo sé. Emocionalmente, tengo mucho trabajo por delante para aceptarlo.

—¿Cuándo lo vas a volver a ver?

—Dejé eso en sus manos.

—Por lo tanto, será mañana, ¿no?

—Es mi día libre. Cualquier cosa puede suceder. ¿Crees que tomé la decisión correcta?

—Te conozco. No lo hubieras hecho si pensaras que no era la mejor. Él debe ser alguien muy especial si pudo derribar tu muralla.

—Si esto avanza, en algún momento voy a tener que contarle...

—¿Qué?

—Ya lo sabes.

—Eso no va a ser fácil para ti.

—No, no lo va a ser.

—Tú sabrás cuándo es el momento adecuado.

—Y luego está el otro asunto...

—¡Oh, sí! Eso. Probablemente va a salir a relucir más temprano que tarde si esto va para donde creo que va.

—Voy a parecer una idiota.

—¿De verdad? Porque él no va a pensar de esa manera en absoluto. Te va a ver como su nueva estudiante.

En la cocina, sonó mi móvil.

—El príncipe azul— dijo Lisa. —¿Me imagino que esta vez si vas a contestar?

—Era un texto. Espera.

Me acerqué y lo leí en voz alta. —Si estás libre en algún momento esta semana, ¿contemplarías la posibilidad de ser mi acompañante una noche? Tengo que ir a varios eventos esta semana. De lo contrario, va a ser difícil escaparme y verte. ¿Me avisas? ¿Tal vez mañana por la noche? Yo creo que lo disfrutarías especialmente. Y no creo que pueda esperar hasta mediados de semana. Anoche fue maravilloso. Alex.

—Una cita— dijo Lisa. —Eso suena bien.

—No es que no tenga nada que ponerme, es que no me alcanza el dinero para comprarme el tipo de vestido que necesitaría llevar a uno de esos eventos. No hay nada que pueda hacer al respecto.

—Entonces dile la verdad. No puedes darte ese lujo, pero tienes tiempo libre mañana y puedes encontrarte con él después para tomar algo en algún sitio.

—No está mal.

—Mándale un mensaje.

Comencé a escribir el mensaje y cuando terminé se lo leí a Lisa.

—Alex, tengo que rechazar parcialmente tu invitación. No me puedo dar el lujo de comprar vestido, zapatos y todo lo demás para ninguno de esos eventos. Al menos no por ahora, aunque espero pronto. Pero me encantaría encontrarme contigo para un coctel después. Avísame. Yo también lo pasé muy bien anoche. Jennifer.

—No está mal— dijo Lisa.

—Voy a enviarlo. ¿Algo más?

—Él está esperando al lado del teléfono. Veamos qué dice.

Envié el mensaje y fui al congelador por hielo para preparar mi propio martini. Necesitaba uno. Agarré una copa del armario, preparé el trago, lo mezclé con un poco de hielo y lo serví hasta el borde. Sin aceitunas. Más vodka en su lugar.

—Aquel que se inventó el martini está en la gloria.

—Y seguramente lo están meciendo.

Mientras tomaba un sorbo, sonó el móvil.

—Esto va a ser interesante— dijo Lisa.

Leí el mensaje para mí misma antes de leerlo en voz alta.

—Entiendo. Si quieres, puedo decirle a Blackwell que te recoja a las diez de la mañana. Será divertido. Espero que digas que sí. Ya te echo de menos. Besos. Alex.

—Te está lanzando una cuerda de salvamento— dijo Lisa.

—No puedo dejar que él me compre cosas. No estoy a su servicio. Esto está bordeando una relación. Él tiene que aceptarme como soy o dejarme.

—¿Estás hablando en serio?— preguntó.

—Sí, lo estoy.

—¡Ay, por favor!— dijo. —Mira. Jennifer. Querida. Escúchame por un momento, ¿sí? Pásame mi portátil. Quiero mostrarte algo que encontré antes.

Se lo pasé.

Lo abrió, escribió algo y dijo. —Ven acá. Tienes que ver esto.

Fui por detrás y miré por encima de su hombro. Lo que vi fue una fotografía de Alex. No pude leer mucho a esa distancia porque la letra era muy pequeña, pero vi que el sitio era *Forbes*.

—Hice una búsqueda hace unos días. Tú sabes, para averiguar quién era ese tipo. Lo busqué en Google. Esto fue lo primero que apareció. Cliqueé en el artículo. Me hizo un retrato completo. Supongo después de leer el titular, te harás una idea

—No puedo leer el texto. Se ve muy pequeño desde aquí.

—Su fortuna es de unos tres mil millones de dólares. Para ser precisa, un poco menos. Esto fue lo que heredó cuando murieron sus padres. Pero dice que desde que estos murieron, cuando él tomó control de Wenn, ha logrado aumentar su patrimonio neto en quinientos millones. No me preocuparía porque él hiciera que Blackwell te comprara un vestido. O un collar bonito. En serio, no significa nada para él.

—No importa— dije. —No me siento cómoda si él tiene que hacer esto por mí. Nos podemos encontrar para tomar algo después. Con eso me conformo.

—¿En serio? ¿Y cuánto tiempo crees que va a durar esto? Porque tengo que decirte, Jennifer, si en algún momento vas a tener algo en serio con este tipo, vas a tener que dejar de lado algo de tu testarudo orgullo de Maine. Él tiene un perfil alto. En eso te estás metiendo. Si vas a ser su novia, que es lo que creo que va a suceder, es parte del papel que te toca. Si no te sientes cómoda con eso, corta de una vez, porque va a haber más 'citas' como esta en el futuro. Y realmente creo que él se refiere a *salir* en el sentido tradicional. Él quiere estar contigo. Si quieres explorar una relación con él, vas a tener que poner el cincuenta por ciento.

Tomé aire y miré mi móvil. *Ya te echo de menos* estaba en la pantalla. *Y ya te echo de menos yo a ti,* pensé. Miré a Lisa. —Tú sabes que esto no es fácil para alguien como nosotras.

—Entiendo. Pero también sé que vas a tener que ceder un poco.

—Está bien—. Escribí un texto. Esto fue lo que escribí. "Está bien. La veré a las diez. Y no veo la hora de verte. Jennifer".

—Perfecto.

—Cuando nos veamos por la noche...

—No estarás pensando decir "te lo devuelvo todo mañana". No. Dices, "Gracias por el vestido, Alex. Me encanta". Y luego le plantas un beso en los labios. Le haces sentir feliz y disfruta la noche. Diviértete con él. Trabajas el resto de la semana, así que no podrás volver a verlo hasta que tengas un día libre. Aprovecha al máximo mañana.

Mi móvil sonó. Miré su mensaje. —Sé que esto no es fácil para ti, Jennifer, pero me alegro de que hayas aceptado. Solo recuerda que me vas a llevar a comer pronto y tengo un gran apetito. Estamos empatados. Nos vemos a las ocho. Blackwell te va a poner al tanto de todo mañana. Besos. Alex.

Cuando se lo leí a Lisa, ella levantó la mano. —Espera un momento. ¿Tengo que repartir con él mis salidas a comer?

—Todos tenemos que ser un poco flexibles...

—Solo estaba bromeando. Y de verdad me gusta lo que acaba de escribir. Él lo entiende. Y es muy consciente de tu situación. No puedes pedir más. Tú le estás dando a él lo que puedes y él te está dando lo que puede. Realmente están a la par—. Cogió su martini y lo levantó hacia mí. —Salud, Jennifer. Ahora, ve y duerme un sueño reparador. La oscuridad de Blackwell no llega hasta las diez.

CAPÍTULO VEINTIOCHO

Blackwell llegó a las diez. A las diez en punto. El timbre sonó, Lisa me dio un beso en la mejilla y salí por la puerta preguntándome exactamente cómo saldría esto después de nuestra última conversación.

Salir a las escaleras era como darse contra una pared de humedad. Pero yo ya me había preparado para el calor y la humedad y llevaba el pelo agarrado en una cola de caballo sencilla y *chic* que caía por mi espalda. Llevaba puesto un par de pantalones Melissa blancos de Akris y una blusa de seda sin mangas azul pálido degradado también de Akris. Conseguí todo en Century 21 durante mi compra compulsiva después de conseguir trabajo en db Bistro y los compré por una fracción de lo que hubiera tenido que pagar en otro lugar. Un par de zapatos de plataforma Jimmy Choo Crown con los dedos descubiertos, que también compré en esa ocasión, completaban el *look*.

Cuando abrí la puerta del edificio, allí estaba Blackwell, con un traje claro y elegante, perfecto para este clima. Ella inmediatamente evaluó lo que yo llevaba puesto.

—Muy bonito, Jennifer. Me encantan los zapatos, me encanta el pelo, me encantan los pantalones.

—¿Qué tal la blusa?— pregunté con una sonrisa.

—Me encanta.

—Gracias.

—Me alegra volverte a ver.

—Lamento haber sido difícil la última vez.

—No tienes que disculparte. Alex y yo hablamos de eso la semana pasada y creo que tengo una idea más clara de lo que pasó esa noche. Me alegro de que le hayas dado una segunda oportunidad. Probablemente no fue fácil dado lo que pasó.

No iba a compartir nada personal con ella y no continué la conversación.

Hizo una seña a la limusina detrás de ella. —¿Vamos? Me salté los donuts esta vez, pero compré un café de Starbucks para cada una. Puede que el café esté un poco cargado. Mucho, me temo..

—Tengo la impresión de que lo vamos a necesitar.

—Creo lo mismo.

Comenzamos a caminar hacia el coche. El conductor salió y nos mantuvo abierta la puerta de atrás.

—Alex me dijo que me iba a poner al tanto de a dónde vamos esta noche.

—Un gran evento en el Museo de Historia Natural. Y es un evento divertido por eso él quería que vinieras. ¿Has estado ahí antes?

—No.

—Te va a encantar. Espectacular se queda corto para explicar lo que va a ver esta noche. La iluminación solamente. Por no mencionar la ballena de la sala Milstein, que es donde vas a cenar con otras quinientas afortunadas personas. La comida ahí es siempre muy buena. Y los cócteles son la definición misma de lujo decadente.

Nos metimos en el coche, el conductor cerró la puerta y nos fuimos.

—¿Para qué es el evento?

Blackwell me pasó mi café. —Es su gala anual para recaudar fondos. Prepárate para la gente que vas a ver. No solo va a estar la alta sociedad, merodeando por ahí con caras inexpresivas. Lo que hace esta noche divertida es que es una gran atracción para las celebridades. Vas a ver a todos los que están en la ciudad esta noche y a algunos que han viajado solo para la ocasión. Es de *esmoquin*, pero es una mezcla de gente más relajada. Todo el mundo conoce a todo el mundo.

—Excepto yo.

—Eso no importa. Al final de la noche, todo el mundo va a saber quién eres. ¿Vamos a Bergdorf otra vez? Bien. ¿Luego Van Cleef? Estoy pensando en algo *vintage*, algo de los veinte. Estoy pensando en *Gatsby*. Después nos ponemos en manos de Bernie. Tuve que chantajearlo de nuevo, pero fue más fácil esta vez. Le encantó trabajar contigo antes.

Piensa que eres una belleza natural y Bernie no halaga a cualquiera. Créeme. Nos arreglamos en Wenn, tal y como lo hicimos la última vez. Después te puedes encontrar con Alex en su piso. ¿Te parece bien?

Me parece abrumador.

—Me parece perfecto —le dije.

—Entonces hagámoslo así. Tiene por delante una romántica velada.

—¿No va a estar Alex *trabajando* esta noche?

Bebió un sorbo y me miró por encima del borde. —Esta noche no. Lo dejó bien claro. Esta noche, es únicamente para pasar tiempo con usted.

EN BERGDORF, BLACKWELL se dio al despilfarro y no se anduvo con tonterías. Cuando llegamos, una mujer muy llamativa de más o menos su edad nos recibió en la puerta para darnos la bienvenida.

—Paulina Barreau— dijo. —Un gusto conocerla señorita Kent. Me han hablado mucho de usted.

¿Qué ha escuchado?

—Anoche hablamos con la señora Blackwell y llegamos a un acuerdo. Si me acompaña, la llevo a un vestidor privado para mostrarle el vestido que las dos pensamos sería perfecto para esta noche. Es algo que la distinguirá del resto.

¿Anoche? Llegué a la casa alrededor de la una de la mañana. Acepté ir al evento con Alex a eso de la una y media. Debió llamar a Blackwell y decirle que arreglara todo esto.

En ese momento, lo sentí por ella. Pero cuando me giré para mirarla, estaba claro que estaba en su salsa y lo estaba disfrutando. Alguna vez me dijo que le gustaba la moda, así que quizás esto era divertido para ella. Tal vez viera esto como un día libre. Así lo esperaba.

Fuimos a un vestidor en el piso tercero, y sentí que era tan privado que solo a unos pocos elegidos les estaba permitido el acceso.

—¿Champán?— preguntó Pauline.

—No, gracias— dije.

—¿Señora Blackwell?

—Aunque suena muy tentador, Pauline, yo también tengo que pasar. Jennifer y yo estamos sobreviviendo gracias a la cafeína esta mañana. ¿Por qué no vemos el vestido? Sabe que me muero de ganas de verlo personalmente. Es usted cruel, Pauline. ¡Hacerme esperar así!

Pauline arqueó una ceja, divertida. —¿Cruel, señora Blackwell?

—Más que cruel.

—Déme un momento.

—He esperado horas.

—Solo un poco más...

—¡Por Dios!

Se fue por una puerta con espejos y regresó con un vestido azul transparente que parecía flotar en el aire cuando lo traía en las manos. Parecía no pesar hasta que lo levantó dejándolo que cayera y Blackwell y yo pudimos ver la parte delantera del vestido, cargada con un intrincado patrón de cristales.

—Swarovski Elements— dijo Blackwell, girando alrededor de la prenda sin tocarla. —El diseño de los cristales es divino, Pauline. Más que divino. Divino a la décima potencia. Muy de los veinte. Muy de ahora. Tan a la moda. Miu Miu lo diseñó, Jennifer. ¿No es fantástico?— Estaba tan eufórica que siguió sin dejarme hablar. De alguna manera me gustaba verla así. Se volvía más humana para mí.

—El azul es perfecto. Suave. Tenue. Con matices de pizarra—. Apuntó con el dedo a Pauline. —Tal y como me dijo—. Luego, me miró. —El color te irá bien con tu pelo y con tu piel. Creo que lo hemos encontrado. Creo que este es—. Se puso la mano sobre el pecho. —Dos seguidos.

—Tal vez la señorita Kent debería probárselo antes de que nos entusiasmemos demasiado.

—Bien, bien— dijo Blackwell serenándose. —Jennifer, sigue a Pauline y pruébate el vestido. Me estreso sólo de pensar que no te quede bien. Conocemos el obstáculo, ese *derriere* tuyo es un reto. Normal que esté preocupada. Pauline, usted me tiene un sastre listo, ¿no?

—Sí, así es.

—¿Y puede hacer que venga hoy si no le queda bien?

—Le puedo decir que venga en una hora.

—*Je t'aime.*

Entré a un vestidor grande rodeado de espejos y me puse el vestido. Luego me miré y me detuve por un momento. ¿Era esta mi vida realmente? Estuve aquí antes, pero ¿otra vez? ¿Realmente? El vestido era impresionante. Apenas me podía imaginar cómo iba a lucir cuando Bernie terminara conmigo. Giré para un lado y para el otro y escuché la voz de mi padre.

No creas que esa eres tú, niña.

—No lo creo— le contesté en el espejo. —Pero estoy haciendo lo posible para lograrlo. No me vas detener toda la vida. Y tampoco te voy a tener en la mente el resto de mi vida. Me estoy deshaciendo de ti, hijo de puta. Estoy progresando.

Respiré profundo y salí del cuarto sabiendo que Blackwell iba a juzgarme en el vestidor y eso me intimidaba. De alguna manera, sus críticas me recordaban a mi padre y me preparé para cualquier cosa que ella tuviera que decir.

Pero no hubo ningún comentario. Cuando me vio, levantó la mano en señal de alivio. Se volvió hacia Pauline con lo que me pareció una muestra de gratitud y luego me dijo que girara, girara, girara así ella podía ver, ver, ver. Cuando terminé me dijo riendo: —¿Será posible? Solo necesitamos una puntada y un pliegue en la cintura y ¡estamos listas! ¡Gracias a Dios!

LUEGO, DESPUÉS DE SALIR de Bergdorf, fuimos a Van Cleef &
Arpels en la Quinta Avenida y Blackwell, que aparentemente ya había
hablado con uno de los administradores, me presentó.

—Te presento a Christopher— dijo. —Christopher, Jennifer Kent.
¿Llegamos bien? Bueno, porque no nos queda mucho tiempo.
¿Encontró algo parecido a lo que yo tenía en mente?— le preguntó.

—Lo hice. Escogí unas cuantas muestras. Piezas de los años veinte.

—Es usted extraordinario. Tan brillante. Veamos.

En una habitación privada al fondo de la tienda nos mostró un
brazalete que me dejó sin aliento. Era un brazalete como un cordón, un
diseño simple, con paneles geométricos de Art Deco. Los diamantes y
zafiros que lo cubrían estaban engarzados en platino.

—Pruébatelo— dijo Blackwell.

Tendí la muñeca y Christopher abrochó el brazalete. Antes de que
pudiera admirarlo, Blackwell sujetó mi muñeca y le dio la vuelta. Sus
ojos se clavaron en Christopher.

—Tenemos que quitarle dos eslabones— dijo. —Por otra parte, es
fantástico. ¿Jennifer? ¿Qué te parece?

—Es precioso.

Se volvió hacia Christopher. —¿Tiene pendientes que le hagan
juego?

Tenía. Me los probé. Eran unas lágrimas largas de zafiro enmarcadas
con diamantes delicados y pequeños también sobre platino. Blackwell
tomó mi mentón en sus manos, los evaluó, los aprobó y los compró.
Aún sin podérmelo creer, la vi darle a Christopher un par de besos en el
aire antes de disponerme a seguirla hasta la calle y hasta la limusina que
nos estaba esperando. Nos subimos.

—Un éxito— dijo.

—No sé cómo lo hizo.

—Me encanta la moda. Yo viviría para eso, absolutamente. Hasta el
momento, hoy ha sido como un día de vacaciones para mí. Gracias.

No sabía qué decirle. Ser tratada así me bajaba los humos.

—Seguramente debes tener hambre— dijo—. Yo también, aunque la sola idea de comer me disgusta. Nadie debería comer, nunca. Pero me imagino que toca, ¿no? Claro, tenemos que hacerlo. Si no, vamos a terminar viéndonos hechas un asco en el ataúd, lo que de ninguna manera va a pasar, a menos que nos cremen. ¡Es una idea! Nadie lo sabría entonces. Mmmmm. Pero me estoy enredando. ¿Ensalada? ¿Algo ligero? Tenemos tiempo.

—Listo— dije.

—Te recomiendo una ensalada. Algo con fibra nutritiva. Le das una hora o dos y te deja limpia. Me lo agradecerás más tarde.

—¿No es para eso el Spanx?

—El Spanx funciona hasta cierto punto, Jennifer. Créeme. Estamos hablando de una limpieza total del organismo. Hagámoslo. Vamos a deshacernos de todo lo que tengas dentro.

La miré y me sonrojé.

ERAN POCO MÁS DE LAS cuatro cuando llegamos a una barra de ensaladas en Park, muy simple y discreta, llamada Salade.

—Parece barato porque es barato. Es un agujerucho, pero es limpio, bien administrado y atendido con esmero. Es súper fresco, y algo poco común, es fabuloso. No siempre hay que gastar la cantidad de dinero que gastamos para obtener los resultados que uno quiere. Yo vengo aquí casi todos los días. Ensalada, ensalada, ensalada. Delgada, delgada, delgada. Esbelta, esbelta, esbelta. Nada, nada, nada. Come lo que te diga y mañana me vas a mandar rosas.

—¿Son sus flores favoritas?

—Por Dios, no.

—¿Cuáles son?

—¿Para qué lo quieres saber?

—Por curiosidad solamente.

—Me vas a juzgar por eso.

—No, no lo voy a hacer.

—Sí, lo va a hacer, pero así es. La flor es muy rara. Difícilmente se encuentra, y si es así, es en la parte baja de las selvas tropicales de Indonesia. Es la *planta cadáver*.

No podía ser otra.

—No me pongas caras, Jennifer. Está en peligro de extinción, ¿pero quién o qué no lo está? Mi guardarropa está en peligro de extinción al final de cada estación. Muere en mi armario y luego tengo que descartar todo. ¡Dios! La planta tiene un olor inmundo, muere en una semana, y sí, come moscas y otros insectos para sobrevivir, pero cuando florece es divina. Tiene casi un metro de diámetro. Es preciosa. Me encanta.

—¿Quién se lo imaginaría?— dije.

Cuando fuimos a la barra de ensaladas, que era enorme, Blackwell sabía con precisión qué quería que yo comiera. —Pon lechuga romana. Añade espinaca. No, no, más. Y rúgula. No seas tan escasa, Jennifer. ¡Jesús! Apílala. Vinimos acá para una limpieza. Ahora, endivia. Muy bien. Y francesa. Y lombarda. Así. Perfecto. Prueba la escarola. Esa no. Esa es iceberg. ¡No, por Dios! Es la otra. Esa. Esa que parece como si hubiera sido electrocutada. Una buena cantidad de esa. ¡Ah, y berros y canónigos! Sí, esos. Se les pone una chorrito de aceite y una buena cucharada de limón fresco y vinagre y lista para un sobresaliente. ¿Qué haces? ¡Ni se te ocurra tocar la sal!

—¿Qué tal unos tomates?— dije. —¿Champiñones? ¿Pepino y pimiento? Tal vez uno de esos huevos cocidos. Me encantaría comerme uno.

—¿Me estás hablando en serio? Eso no te aporta nada. Llevas medio kilo de verduras ahí, no necesitas más. Deberías alegrarte de que te dejo comer, punto. Disfruta lo que tienes en el plato y espera los efecto, que deben comenzar a sentirse cuando estemos llegando a Wenn. Ya verás. No estaré cerca cuando pase, pero pasará. Avísame cuando necesites un baño, yo te indico en qué dirección está y después me encierro en mi oficina. Vas a perder un kilo.

—Pero a Alex le gusta mi trasero— le dije con una sonrisa.

Puso los ojos en blanco. —Oh, Maine. Tú nunca pierdes. Está claro. Comamos.

———————— ◦◦◦ ————————

MÁS TARDE, DESPUÉS de las compras y la ensalada, efectivamente sentí un retorcijón en el estómago y corrí al baño. ¿Cómo es que conocía Blackwell estos secretos? Cuando todo hubo terminado, mi vientre estaba más plano de lo que había estado en meses. ¡Bravo!

Cuando regresé a su oficina, me miró de arriba abajo. —¿Lo ves?— dijo. Mírate. Plana.

—¿Cómo sabe todo esto?

—Sabiéndolo.

—¿Pero cómo?

—Cuando la madre de Alex vivía, éramos grandes amigas, es por eso tal vez que Alex me ve como parte de la familia. Siempre andaba vigilándolo pues sabía que Constance era distraída. De todos modos, hacíamos todo juntas, incluidas todas las dietas que estaban de moda. Lo que siempre nos funcionó fueron las hojas. Hacíamos una limpieza al mes y perdíamos dos kilos. Simplemente funciona.

—¿Cómo era su madre?

—Esa es una pregunta capciosa.

—¿Por qué?

—Porque Constance era Constance. Era una persona difícil. Naturalmente, yo la quería por eso. Nos entendíamos perfectamente. Muchos piensan que yo también soy difícil, sin embargo no tengo la menor idea por qué, así que no es de extrañar que fuéramos buenas amigas. Para otra gente, ella era una completa esnob. Hasta Alex pensaba eso. Él la quería, pero no le gustaba mucho. Tenía problemas con ella. Todavía los tiene, creo. Para mí, ella era simplemente una perfeccionista. Lo que Alex nunca entendió es que ella estaba en el ojo público y tenía que mantener su prestigio. Por la posición que asumió en la ciudad, estaba sometida a un escrutinio masivo. No admitía errores o faltas. Al principio, la prensa fue implacable con ella. Realmente horrible, sobre todo porque era muy joven cuando su esposo se volvió tan exitoso. No tenía en quien apoyarse o quien le indicara cómo hacer las cosas bien. Como resultado, cometió errores. Fue duro para ella, pero aprendió de ellos. ¿Se volvió amarga por esas críticas? Seguramente. ¿Quién no? ¿Le transmitió esa amargura a Alex? Creo que sí. Nunca fueron muy cercanos. Constance siempre estaba pensando en la fiesta siguiente y no acerca de lo mejor para Alex. A veces pienso que por eso él fue hijo único. Constance no quería más hijos. Tenía ya demasiado que manejar con lo que tenía y, por lo que a ella se refería, con él era suficiente.

—Eso debió ser difícil para Alex. Debió percibirlo.

—Claro que lo sintió.

—A mi manera, entiendo lo que se siente.

—Pero aquí estás, ¿no? Tomaste la decisión de salir de Maine y venir a Manhattan por un motivo. Tu pasado es Tu pasado, y lo que siento, Jennifer, es que tu pasado fue desagradable. Recuerda. Lo que haya pasado en ese entonces deberá quedarse en el pasado, pero también debería guiarte en el presente y en el futuro. Nunca lo olvides.

—Pensaría que el hecho de haber tenido una madre como la de Alex haría que uno desconfiara de las mujeres.

—Al principio, creo que eso pasó con Alex. Él no salió con muchas chicas en la secundaria o la universidad. No recuerdo ninguna novia. Pero cuando conoció a Diana, todo cambió. Tuvieron un matrimonio maravilloso. Yo estaba contenta por él porque podía ver lo feliz que *él* era. Y luego, sin más, ella se fue. Él te contó lo de su muerte, ¿No es así?

—Sí, así es.

—Ha estado solo desde entonces. Su perdida lo aplastó. Esto pasó hace cuatro años y sé a ciencia cierta que desde entonces no ha salido con nadie. Todo ha sido trabajo para él. Está aquí los siete días de la semana. Siempre trabaja hasta tarde. Creo que ha estado huyendo de la muerte de Diana desde entonces. Y luego tú apareciste en su vida. Puede que empezaras con un acuerdo laboral con él, pero lo cogiste por sorpresa. Me contó lo que pasó esa noche. Lo que hizo fue inmaduro y estúpido, le dije. Lo reprendí. Entonces me dijo que no estaba preparado para ti. Me contó que Cyrus te pareció atractivo. Alex es humano, nada más. Se puso celoso y, francamente, se comportó como un idiota.

—¿Para qué me cuenta todo esto?

—Porque sigues haciendo preguntas.

—Pero no tiene que responderlas.

Se recostó contra la silla. —Quiero verlo contento otra vez. Quiero volver a ver ese brillo en sus ojos. Y ha comenzado a regresar gracias a ti. Antes, cuando te agradecí que le dieras una segunda oportunidad, lo hice sinceramente. No cualquiera hubiera devuelto esas joyas, Jennifer. Sabes que eran tuyas, te las podía quedar. Sabes que las hubieras podido vender. Al devolverlas me dijiste todo lo que necesitaba saber sobre ti. Estoy alentando todo esto calladamente. Si funciona o no, es entre Alex y tú.

Miró su reloj. —Deberías cambiarte. Bernie va a llegar en diez minutos y él nunca llega tarde. ¿Cómo quieres llevar el pelo esta noche?

—Lo quiero suelto.

—¿Con ese vestido? ¿Por qué?

—Porque así es como le gusta a Alex— le dije.

———— ⚬❦⚬ ————

UNA HORA MÁS TARDE, cuando Bernie se apartó de mí y miró a Blackwell, noté que ella aprobaba con una sonrisa.

—¿Puedo ver?— pregunté.

—Aquí está el espejo— dijo Blackwell. —Mírate.

Me puse delante del espejo y no pude contenerme. El vestido me hacía parecer esbelta y era deslumbrante. Aún bajo la luz tenue, los cristales tenían vida y brillaban desde mi pecho hasta el borde del vestido en formas intrincadas que evocaban los años veinte. Bernie me había alisado el pelo y se movía al compás del vestido, que era de un material tan delicado que flotó en el aire cuando me giré.

—¿Cómo te ves?— preguntó Blackwell.

—Como si estuviera viendo a otra persona. Los pendientes y la pulsera son tan bonitos. Simplemente perfectos. Me encanta lo que hizo con mi pelo, Bernie, y con mi maquillaje. La sombra de los ojos hace resaltar tanto el azul del vestido como los zafiros.

—Esa era la idea— dijo.

—Solo lamento una cosa— dijo Blackwell. Se acercó y me miró de frente.

—Debería haber escogido un collar. Con tantos cristales, pensé que sería demasiado. Excesivo. Pero me equivoqué—. Miró a Bernie. —¿No es así?

—No del todo. Si su pelo estuviera recogido y no sobre sus hombros, estaría de acuerdo. Ella habría necesitado algo en el cuello porque lleva los hombros descubiertos. Y con tanta piel expuesta se vería como si faltara algo. ¿Pero con su pelo suelto? Suaviza lo que falta. Va a estar bien, pero, sí, hubiera sido mejor con un collar que le hiciera juego—. Lo vi mirarla. —Usted sabe que nunca le mentiría, mi amor.

—Lo cual es una de las muchas razones por las cuales usted está aquí—. Se giró hacia mí. —Bueno, un collar para la próxima vez. O al menos un collar a mano. Tú sigues viéndote fabulosa, Jennifer. Y ahora tienes que irte. Son casi las ocho y él debe estar esperándote.

Sentí una punzada en la boca del estómago. El solo saber que iba a volver a ver a Alex me hacía sentir nerviosa y ansiosa a la vez. *De una hamburguesería a esto. Todo en solo veinticuatro horas.*

Caminé con Blackwell hasta el ascensor. Oprimió uno de los botones y luego levantó la cara para mirarme. —Recuerda— dijo. —Olvida el pasado. Disfruta la noche.

Se abrió la puerta del ascensor.

—Tomaré un martini a su salud.

Pareció extrañamente irritada conmigo. —Si tienes que hacerlo—
dijo mientras yo entraba al ascensor, —que el vodka sea Skinny Girl,
Jennifer. No te empaché de hojas y te pedí que hicieras esa mini
limpieza para nada.

—No recuerdo que me lo hubiera pedido.

—Tú sabes lo que quiero decir.

—Gracias, señora Blackwell.

—Llámame Bárbara. Ahora vete y diviértete.

CAPÍTULO VEINTINUEVE

Cuando se abrieron las puertas del ascensor, Alex estaba esperando, tal y como lo había estado la última vez, con las manos en los bolsillos y una sonrisa en la cara.

Solo que esta vez no era como la última vez. Esta vez era diferente. Se hizo evidente que nos movíamos por un camino diferente cuando tomó mi mano entre las suyas y me atrajo hacia él. Me besó suavemente en los labios. Luego, a mi oído, con una voz suave que resultaba más que sexy, me dijo: —Estás bellísima.

—Gracias.

Admiró mi vestido. —Esto debería llamar la atención.

—Hasta podría dejar ciegos a unos cuantos.

Arqueó una ceja. —Sería una noche interesante si así fuera—. Extendió la mano y acarició delicadamente mi pelo. —Me gusta cuando llevas el pelo suelto.

—Lo sé.

—¿Lo hiciste por mí?

—Quizás me haya pasado por la cabeza.

—Me alegro. ¿Recuerdas cuando oficialmente nos conocimos? ¿En la entrevista? Estábamos hablando, te sacaste un pasador del pelo, cayó por tu espalda y quedé paralizado. Entonces, lo tenías ondulado. Ahora está liso. De las dos maneras, me encanta. Cuando pienso en ti, así es como te imagino. Con tu pelo suelto. Cayendo por la espalda. Tú sacudiéndolo con las manos para refrescarte, aunque fuera por un segundo.

Comencé a sentir un sofoco. —Bueno— dije queriendo desviar la atención.

—Déjame mirarte bien—. Me eché hacia atrás y él metió las manos en los bolsillos, ladeó la cabeza hacia un lado y sonrió. —Muy apuesto, señor Wenn.

—Gracias, señorita Kent.

—De todas maneras, me gustas con esmoquin. Y con traje.

—¿Por qué?

—Si fuéramos a psicoanalizar la situación, probablemente se reduciría a un montón de fantasías sobre príncipes azules que tenía cuando niña. Ya sabes, alguien que me sacara de todo lo que quería olvidar.

—¿Qué querías olvidar?

—Lo he olvidado— mentí. —Además no tiene importancia ahora, porque aquí lo tengo. Delante de mí.

—¿De verdad?

—De verdad.

—¿Por qué será que tengo ganas de devorarte en este momento?

—Seguramente por la misma razón que yo quisiera revolcarme en el suelo contigo. Pero Bernie trabajó muy duro y vamos a respetar eso.

—Será mejor que cambiemos de tema o no voy a poder quitarte las manos de encima.

—¿Y eso es malo?

—Jennifer...

—Blackwell y yo nos divertimos hoy—dije. —Yo no sé cómo lo hace pero esa mujer siempre está en control de la situación.

—Siempre ha sido así. Mi madre la quería por eso. Yo siempre he pensado que deberían ponerle su nombre a un huracán.

—Tendría que ser de categoría 5. ¿Para qué escatimar con ella?

—Efectivamente— se detuvo un momento. —¿Te molestaría dar la vuelta para mí? ¿Solo para ver el resto del vestido?

Comencé a girarme, pero entonces él puso la mano en mi hombro y me detuvo quedando mi espalda frente a él. —Quiero mirarte detenidamente— dijo. —¿Te molesta?

Su mano apoyada sobre mi hombro desnudo fue suficiente para desarmarme. Pero inmediatamente la retiró y escuché que daba un paso atrás.

—¿Lo escogiste tú?

—Blackwell lo escogió.

—Blackwell tiene buen ojo—. Su voz sonaba a mi izquierda. Luego noté que se acercaba a mí. —Sin dada sé que es así. Con su ayuda, escogí esto.

Por encima de mi cabeza cayó un collar de diamantes y zafiros que me hizo perder el aliento al verlo cuando él echaba mi pelo hacia un lado y me lo abrochaba. *Blackwell*, pensé. *Me faltaba el collar, por supuesto.*

Sentí la frescura de las piedras en el cuello. —Alex— dije.

—Mi regalo para ti.

—Pero todo esto es un regalo tuyo.

—Déjame ver.

Me volví hacia él con la mano presionando las piedras.

—Tienes que bajar la mano, Jennifer.

—Lo siento. No sé qué decir.

—Yo digo que es precioso. ¿Qué piensas? Hay un espejo a tu izquierda. Mira.

Me volví y vi que el collar era de la misma línea que las otras joyas. Un delicada gargantilla de diamantes me rodeaba el cuello, terminada en una línea vertical de tres diamantes mayores a la altura de la garganta. Al final de esta, había una gran lágrima de zafiro rodeada de pequeños diamantes que caía justo encima de mi escote.

—Es espectacular— dije. —No sé qué decir.

—No hay necesidad de decir nada.

—Sí, la hay—. Lo besé, pero no suavemente como antes. Me apreté contra él con toda la emoción que sentía dentro de mí. Me incliné completamente para besarlo y sentirlo en lo más íntimo. Con su cuerpo tan cerca del mío, pude sentir todo de él contra mí, latiéndole no solo el corazón. Cuando nos separamos, el daño colateral era obvio, él tenía prácticamente lo labios pintados. —Espera— le dije, abriendo el bolso de mano que Blackwell me había prestado. —Kleenex. Déjame arreglar esto.

—Antes de arreglar nada, ¿qué tal esto primero?— Volvió de nuevo al ataque. Solo que esta vez, sus manos descendieron suavemente a ambos lados de mi cuerpo y se detuvieron en el trasero que él apretó y luego sostuvo. Me empujó firmemente contra él para hacerme saber exactamente lo que estaba sintiendo.

Mis pezones se endurecieron cuando hizo esto. Un escalofrió me recorrió el cuerpo. Nunca antes había sentido algo así, si bien nunca antes había salido con nadie. Sin embargo, muchos hombres habían tratado de llamar mi atención durante los últimos años. ¿Por qué era esta vez tan diferente? ¿Por qué sentía una conexión tan fuerte con Alex? ¿Es esto lo que siente cuando uno conoce al "otro"? No tenía la menor idea. Me hubiera gustado que Lisa estuviera allí para preguntarle, porque lo ella lo sabría. Había tenido dos relaciones largas. Podría decirme lo que yo sentía y por qué. Para mí, esto era un terreno nuevo. Él me había excitado tantas veces que estaba mareada de deseo. Cuando él me besó, sentí que me temblaba el corazón. Un momento después, cuando terminó, con un suave mordisco en mi labio inferior que obviamente estaba pensado para enviarme a los confines del universo, donde yo creo que vi un cometa o una nebulosa, fui capaz, de alguna manera, de recuperar la compostura y mirarlo.

—Me vas a matar.

—Ese es el plan.

—Me alegro de que tengas un plan. Muy previsor de tu parte. Y por cierto, ¿a qué vino eso?

—¿Qué?

—Ese mordisco que me diste.

—Simplemente algo que pensé que te gustaría. ¿Me equivoqué?

—No, no te equivocaste.

—Tendrías que ver todo lo que puedo hacer con la boca.

—Para.

—No, es cierto. Tendrías que verlo.

—Alex.

—¿Por qué tienes la mirada perdida?

—Porque no estoy acostumbrada a que un hombre me arrolle de esta manera—. Levanté la cabeza hacia el techo y me compuse. Cuando volví a mirarlo, tenía una mirada traviesa. —¿Por qué me haces esto?

—Porque tú quieres que yo lo haga.

No supe qué responder a eso, solo dije: —Tengo que limpiarte los labios otra vez.

—Por favor, hazlo.

Lo hice.

—¿Estoy listo?— preguntó

—Un toquecito más.

—Me gusta sentirte en mis labios.

—Me gusta sentirme en tus labios.

—Creo que tienes que mirarte al espejo— dijo.

—¡Oh, no!— Me miré y vi que el color de los labios había desaparecido, pero al menos no se había corrido. Después de todo el trabajo de Bernie, hubiera sido un desastre. Saqué la barra de labios que Blackwell me había dejado en el bolso de mano y volví a pintarme.

—¿Hemos terminado?— pregunté.

—Por ahora.

—Entonces salgamos de aquí antes de que decidamos quedarnos.

CUANDO LLEGAMOS AL museo, la fachada del edificio estaba iluminada de un naranja luminoso y rojos intensos. La gente subía la amplia escalera de piedra hacia la entrada.

Los flashes de las cámaras disparando. Los escalones, acordonados para permitir únicamente la entrada de los invitados. Un multitud a los lados aclamándolos. Recordé lo que Blackwell dijo, la ocasión atraía a muchas celebridades. Dada la cantidad de fotografías que estaban tomando, una diría que se había quedado corta.

—¿Estás nerviosa?— me preguntó Alex.

—En absoluto.

—Prepárate para la prensa.

—Tendrán que prepararse para mi vestido. Voy a destellar como una bola de discoteca.

—¿Quién mejor?— preguntó él.

LLEVÁBAMOS VEINTE MINUTOS en la rotonda de Theodore Roosevelt, cuyos muros estaban también discretamente iluminados en tonos de naranja, cuando vi a un hombre que nos miraba sin disimulo a Alex y a mí.

Dada la distracción del altísimo e imponente esqueleto de brontosauro, la multitud —y los rostros famosos entre la multitud— me sorprendió que reparará en él. Pero nos estaba mirando tan abiertamente y con tal ira, que era difícil ignorarlo. Era un hombre mayor, tal vez cercano a los sesenta, y me parecía conocido. Lo había visto antes.

¿Dónde?

Levanté mi martini hasta los labios y hablé, pero no bebí. —¿Por qué nos está mirando ese hombre?

—¿Qué hombre?

—Cerca del esqueleto. Con pelo canoso. Cincuentón. Muy bronceado. Mira para otro lado a veces, pero vuelve a mirarnos. Nos está mirando en este momento, y parece airado. ¿Quién es?

—Alguien que preferiría verme muerto.

Levanté la vista hacia él. —Eso es un poco insensible.

—Es la verdad.

—¿De qué hablas?

—Acerquémonos aquí.

Nos unimos a una de las multitudes y nos detuvimos al lado de una de las paredes iluminadas, donde Alex se recostó dándole la espalda al misterioso hombre y yo frente a él, para poder hablar en privado.

—Se llama Gordon Kobus.

—Kobus Airlines— dije. —Claro. Yo sabía que lo conocía. Su compañía está a punto de hundirse. He leído algo acerca.

Alex movió la cabeza de un lado a otro. —¿Jennifer, de qué no sabes?

—Te dije que era una adicta al mundo de los negocios. Yo vivo para esto. Eso sí, no me pidas que te cosa algo. Como un botón en uno de tus trajes. Lo arruinaría, y eso me destrozaría por razones que ya conoces.

—Ya tomé nota.

—Kobus acaba de solicitar fondos de emergencia al gobierno.

—Lo hizo.

—Una de las historias dice que la junta directiva está buscando nuevos inversores. Pero probablemente no van a tener suficiente tiempo para ninguna de las dos cosas. Debido al tamaño y al buen estado de la flota, muchos están dispuestos a barrer y quedarse con la compañía, con hostilidad o de cualquier manera—. Y de pronto miré a Alex cuando caí en la cuenta . —Y tú eres uno de ellos, ¿verdad? Wenn Air. Estás planeando adquirirla. Quieres agregar su flota a la tuya.

No era una pregunta era una afirmación.

—Así es—dijo Alex. —Estamos en las primeras etapas en este momento, estamos engatusando a los gerentes de la empresa para que se pongan de nuestro lado, lo que no ha sido precisamente difícil. Están hartos de él. Él lo sabe, y tienes razón, Gordon no está dispuesto a ceder—. Se encogió de hombros. —No lo culpo. Kobus era su juguete, pero lo dejo de lado por años. No se hizo cargo del negocio. Desde hace una década ha vivido una vida de *playboy*, no ha escuchado a la junta directiva, no ha escuchado a sus consejeros y ahora está pagando las consecuencias. Quiero hacerme con su compañía y fusionarla con la mía. Le daremos a su flota tratamiento de primera clase y la administraremos con éxito.

—¿Para cuándo?

Se encogió de hombros. —No estoy seguro. Depende de la gestión. Pero estas cosas toman tiempo. Si están a favor, podemos terminarlo a más tardar antes del invierno. Si ponen resistencia, tenemos que ser más agresivos. Presionamos y luego hacemos públicas nuestras intenciones. Ahí es cuando realmente se pone fea la situación. De todas maneras, vamos a seguir adelante con nuestro plan.

Choqué mi copa de martini contra la suya y bebimos.

—Muy refrescante— dije.

—¿El martini o la charla sobre la compra?

—Ambos.

Me miró de una manera sincera. —Estoy contento de que estés aquí, Jennifer. Creo que no sabes lo que esto significa para mí. Podría hablar contigo toda la noche. Sé que todavía es pronto, pero espero que lo estés pasando bien.

Sin duda, estaba de regreso en Wenn. —Acabo de hablar con alguien que no solo entiende lo que es adquirir una empresa sino que de hecho lo hace. ¿Estás bromeando? Estoy en mi medio. ¡Ah! Y a propósito, parezco salida de *Gatsby* y tengo la pareja más apuesta e inteligente de la noche. Gracias a ti, lo estoy pasando fabulosamente.

Busqué su mano libre con la mía y nuestros dedos se entrelazaron. No había otra forma de expresar lo que sentía. Él apretó con fuerza y luego se inclinó para darme un beso en la mejilla.

—Tu barba de dos días me va a matar.

—¿Te gusta?

—Por favor, no me provoques.

—Todavía no me has visto provocarte— dijo.

MÁS TARDE, CUANDO ANUNCIARON que la cena estaba lista, seguimos a la multitud hasta el Milstein Hall, y me detuve cuando descendimos las escaleras que llevaban a aquel enorme lugar. Estaba iluminado en tonalidades onduladas de azul que evocaban el mar y dispuesto con cincuenta mesas para diez. Justo debajo de la bóveda de vidrio, colgaba una enorme replica de una ballena azul que, creo, debía medir cerca de treinta metros. Nunca había visto algo así. Era mágico.

Mi padre se metió de nuevo a mi cabeza y comenzó de nuevo su diatriba de mierda sobre cómo yo no pertenecía a esto, pero me lo saqué de encima. O al menos, traté. Miré a mi alrededor la concentración de celebridades, gente que había visto durante años en la televisión o en las películas, o músicos que admiraba, y supe que él tenía razón. ¿Quién era yo para estar aquí? No tenía ningún sentido lógico.

Pero estoy aquí, pensé. *Y estoy aquí por un motivo. ¿De dónde viene toda esta gente? ¿Vienen todos de una vida privilegiada? ¿O se lo han ganado? Apostaría que la mayoría trabajó por lo que tiene. Apuesto que, así como yo, muchos nunca pensaron que verían algo así.*

—¿Estás bien?— me preguntó Alex.

Caí en cuenta de que estaba apretando su mano con más fuerza que antes, y tuve que hacer un esfuerzo para relajarme. —Estoy bien. Simplemente todo esto es demasiado. Es precioso.

Al final de la escalera, uno de los anfitriones nos saludó y nos llevó a nuestra mesa, donde nada menos que Inmaculada Almendarez en persona estaba sentada.

—Esto va a estar interesante— dije en voz baja.

—Ella lo planeó— dijo. —Estará interesante. Prepárate.

Por supuesto, cuando el anfitrión nos sentó, a Alex lo puso directamente al lado de Inmaculada, mientras que a mí se me pidió que tomara asiento entre él y un hombre mayor.

—Alex— dijo Inmaculada girándose para mirarlo. —¡Qué sorpresa!

—¿En serio? Yo estaba pensando más bien "¡Qué coincidencia!"

—Eres tan gracioso—. Se inclinó hacia adelante para mirarme y vi como sus ojos se detenían en los diamantes y zafiros de mis orejas, cuello y muñeca. —Y veo que sigues con Jane.

—Jennifer— dije.

—Cierto, cierto. ¿Por qué siempre pienso que eres Jane?

—No estoy segura, Inmaculada. En lo único que puedo pensar es que a medida que envejecemos nuestra capacidad para recordar comienza a fallar.

—¿Comienza a qué?

—A fallar. Como nuestra audición, por ejemplo. Deberías hacértela revisar. Llega un punto en que nuestros cuerpos nos traicionan.

—El mío todavía no lo ha hecho— dijo mientras apretaba sus dedos contra la mesa y arqueaba la espalda, permitiéndonos echar una mirada a sus formidables senos que apenas estaban cubiertos por el escote del vestido negro. Pensé que se veía desesperada y no me molestó cuando cogió la mano de Alex y fijó su atención en él. —¿Cómo estás?— le preguntó.

—Trabajando duro, Inmaculada.

—Tú siempre trabajas tan duro.

—No tanto desde que ando con Jennifer, pero el trabajo es el trabajo. Y trabajar es bueno—. Y con indiferencia retiró su mano de entre las de ella e hizo una seña a un camarero. —Wenn me mantiene ocupado. Jennifer me mantiene ocupado de otra manera.

Inmaculada se tragó esa píldora de veneno como si fuera un vaso de agua clara. Tuve que reconocérselo, era buena perdedora. —La última vez que os vi fue hace dos semanas. En la recaudación de fondos del Met. Vi que los dos salían con mucha prisa. Todo el mundo lo comentó.

¡Oh, no, no iba a traerlo a colación!

—Hubo comentarios— dijo ella. —No tenía buena cara. La gente dijo que Jennifer se quitó las joyas y luego algunos escucharon un intercambio de palabras. Estuvo en boca de todo el mundo durante una semana. Estaba preocupada por ti, sobre todo porque no te había visto.

Le estaba hablando a él como si yo no estuviera en la mesa. Apoyé mi barbilla sobre la palma de la mano, me volví hacia ella y simplemente escuché con una medio sonrisa.

El camarero que Alex llamó se acercó a la mesa.

—¿Quiere alguna bebida, señor?

—De hecho, nos gustaría otra mesa. Veo que solo la mitad de la sala está ocupada en este momento, no debería haber problema. Por favor dígale a nuestro anfitrión que Alexander Wenn y Jennifer Kent preferirían sentarse en otra parte. O yo lo puedo hacer por usted.

—Estaré encantado de ayudarle, señor.

La conversación en la mesa se detuvo. Aquellos que fingían no oír la conversación entre Inmaculada y Alex empezaron a oír y mirar abiertamente como el momento se prolongaba y transcurría.

—Alex— dijo Inmaculada. —No quise decir...

—Sí, lo hiciste. Dijiste exactamente lo que querías decir. Y estoy harto. No voy a entrar en el juego, no. No vas a insultar a Jennifer, nunca, aunque te salga mal cada vez que lo intentas. Ella es más inteligente y rápida que tú. Ya deberías saberlo.

—No sé de qué estás hablando.

Un hombre aclaró su garganta en el extremo opuesto de la mesa.

Sentí una súbita oleada de afecto por Alex. Había acabado con ella. Empujó hacia atrás su silla y se levantó y luego, con suavidad, empujó hacia atrás mi silla para que yo pudiera levantarme.

—Qué tengas una buena noche, Inmaculada— dijo Alex. —Y, por favor, recuerda lo que aprendiste en el internado.

—¿En el internado?

—Correcto, en el internado.

—¿Qué aprendí en el internado?

—Con toda seguridad no tus modales porque han estado ausentes desde que nos sentamos a tu lado. Buenas noches.

Me cogió de la mano y nos volvimos para buscar al anfitrión.

—¿Hay otra mesa para nosotros? ¿O tenemos que irnos?

—Por supuesto que hay otra mesa para ustedes, señor Wenn. Por acá.

—Gracias— dijo.

Cuando pasamos a través de la multitud, él me tiró hacia él de una manera que era a la vez protectora, posesiva y como pidiendo disculpas.

—No puedo prometer que esto no vaya a volver a suceder, pero si pasa con otra persona los resultados van a ser los mismos. Nadie te va a tratar así delante de mí.

Estaba furioso. Podía sentir su ira saliéndole a borbotones.

—Está bien— le dije para calmarlo. —Pude asestar algunos golpes.

—Lo hiciste— dijo—. Pero la ciudad entera se puede ir al infierno antes de que esto vuelva a suceder. Y lamento que haya sucedido. No hemos debido sentarnos al lado de ella, en primer lugar. Debería haberlo sabido. He debido pedir otra mesa cuando vi que ella estaba con nosotros. No lo pensé. Discúlpame.

Esquivé a un camarero que venía hacia nosotros con una bandeja en lo alto con cócteles, evitó mi cabeza, escuché sus excusas y seguí caminando. —No tienes necesidad de hacerlo.

—Sí, tengo que hacerlo.

—Bueno, gracias.

—Tú eres mi novia— dijo. —No tienes que darme las gracias. Nadie trata a mi novia así. ¿De acuerdo?— Se giró para mirarme y pude ver en su cara lo enfadado que estaba con la situación. —¿De acuerdo?

—De acuerdo— dije.

Puso su mano en mi espalda y caminamos juntos a nuestra mesa. Me acababa de llamar su novia dos veces y esta era nuestra segunda cita válida. Esto si considerábamos la de las hamburguesas en el restaurante una cita. ¿Qué podía yo pensar de todo aquello?

Nada.

Porque, si era honesta conmigo misma, lo que él acababa de decir era justamente lo que yo quería oír. Habíamos dejado atrás el pasado y estábamos en otra etapa. Yo era su novia. Y yo estaba tan emocionada como nerviosa por esto.

Pero, ¿qué iba a hacer cuando él quisiera algo más íntimo?

CAPÍTULO TREINTA

La semana siguiente pasó vista y no vista. Y aunque no pude ver a Alex tanto como hubiera querido porque los dos trabajamos por la noche, yo en el restaurante y él en los eventos a los que necesitaba asistir, nos encontramos dos veces a desayunar, hablamos cuando pudimos por teléfono, nos enviamos mensajes durante el día y él siempre me recogió cuando el restaurante cerraba.

Cada noche, él llegaba recién salido de una fiesta, con esmoquin y atractivo. Aunque a medida que avanzaba la semana, parecía o bien distraído o bien estresado. Esa noche no fue una excepción.

Cuando salí del restaurante, él estaba recostado contra la limusina con las piernas cruzadas a la altura de los tobillos y los brazos cruzados sobre el pecho. Sonrió cuando me vio, y nos besamos por un largo y prolongado momento, pero algo no andaba bien. Lo podía sentir y tuve que preguntarme si no estaría replanteándose el continuar esta relación, seguramente porque no nos habíamos acostado todavía. Para los estándares de hoy, esto debería haber pasado después del evento en el museo. Pero a pesar de sus esfuerzos, no fue así.

Al final de la noche, él me propuso subir a su penthouse en Wenn e hizo todo lo posible para avanzar en esa dirección, pero le dije que no estaba lista. Me dijo que no había prisa pero que se volvería loco si tuviera que esperar mucho más tiempo. No tenía ni idea de que yo era aún virgen. Y tampoco sabía los motivos por los cuales aún lo era. En algún momento, si iba a continuar mi relación con él, tendría que decirle todo lo que necesitaba decirle acerca de mí y de mi pasado. Cuanto más pronto mejor. De lo contrario no era justo para él.

Cuando entramos en la limusina, puse mi mano sobre su pierna y él me paso el brazo por los hombros. —¡Hola!— dijo.

—¿Qué te parece si me llevas a tu apartamento esta noche?— pregunté. —Tengo que hablar contigo acerca de algo. Bueno, de hecho, acerca de varias cosas.

—¿Está todo bien?

—Solo necesito hablar contigo, Alex.

—Esto no presagia nada bueno.

Él vivía en los últimos dos pisos de Wenn, donde sus padres vivieron. El sitio era ahora suyo. Cuando lo vi por primera vez me sorprendió ver lo bellamente diseñado y decorado que estaba. Salvo por el color de los orignales colgados en la pared todo era blanco, desde los muebles hasta el piso de mármol. A esta altura, la vista de la ciudad desde los amplios ventanales era espectacular.

—¿Quieres beber algo?— preguntó a medida que salíamos de su ascensor privado y entrábamos al vestíbulo.

—Un martini estaría bien.

—Tú eres una chica de martini, ¿no es así?

—Así es.

—En realidad, después del día de hoy, no me importaría uno para mí. Dame unos minutos. Si quieres, quítate los zapatos y ponte cómoda en la sala. Has estado de pie toda la noche.

—Suenas tenso— dije mientras iba a la sala.

—Un poco. Pero hablaremos de eso en otra ocasión. Por el momento, solo quiero estar contigo.

¿Por qué está tenso?

Miré hacia afuera, lo escuché agitar las bebidas en la cocina y me volví hacia él cuando entró en la sala con ellas. Me pasó la mía e hicimos chocar las copas. Me besó sin fingimiento en la boca y tomamos un sorbo antes de sentarnos uno al lado del otro en el sofá.

—¿No te he dicho que estás guapísima esta noche, Jennifer?

—Tal vez una o dos veces. Y lo vuelvo a repetir: tú también estás muy guapo, señor Wenn.

—¿Qué tal el trabajo?

—Más ajetreo que de costumbre. ¿Y tú?

Nos sentamos.

—En otro momento. ¿Dime qué tienes en mente? Me despertaste la curiosidad.

Comenzó a revolvérseme el estómago, pero no había marcha atrás. Tenía que seguir adelante. Tomé un sorbo de mi martini y lo puse sobre la mesa, en frente de nosotros. —Alex, tengo que decirte algo.

No respondió. Se quedó mirándome, preocupado y tal vez con algo de miedo en su rostro. Pero ¿por qué miedo? ¿Pensó que yo iba a terminar con todo?

—Esto va a sonar ridículo— dije. —Tengo veinticinco años, por amor de Dios.

—Jennifer, nada de lo que tengas que decirme me va a sonar ridículo.

—¿Estás seguro? Porque aquí va una para ti. Nunca he estado con nadie antes.

Frunció el ceño como si no hubiera entendido.

Simplemente dilo.

—Soy virgen.

Abrió los ojos. —¿Eres virgen?

Asentí con la cabeza y sentí una oleada de vergüenza. Había razones por las que nunca me había entregado a un hombre. Razones que me hacían sentir insegura ahora en esta relación.

—Es por eso, tú sabes, que la otra noche...

—¡Claro!.

Parecía que se me quitaba un peso de encima. Y había algo más, algo en su mirada. ¿Algún deseo? Buscó mi mano. —No tenías que contarme esto.

—Sí, tenía. Tú tenías que saberlo. No puedo pretender que esperes de por vida. Y no quiero darte ninguna falsa impresión o hacerte sentir que no quiero estar contigo, porque quiero. Quiero estar contigo más que nada en la vida. Pienso en eso todo el tiempo. Pero hay algo más serio detrás de todo esto. Es una de las razones por las que estallé contigo en la recaudación de fondos del Met. Es el motivo por el que me protejo con tanto ahínco. Es algo en el pasado que a veces se cuela en el presente.

—No tienes que hablar de eso.

—Sí, tengo que hacerlo.

—No, si no estás segura.

—Estoy segura. Necesito sacarlo a la luz y acabar con esto. Cuando te lo diga, puede que termines conmigo. Puede que pienses, 'demasiada tara'.

—Lo dudo seriamente.

—Bueno. Cuando yo era niña, mi padre me pegaba. Se emborrachaba, y desquitaba su rabia conmigo y con mi madre, que nunca lo denunció a las autoridades o a los servicios sociales. No voy a repasar toda la lista de cosas que él nos hizo, pero tienes que entender que a veces esos recuerdos vuelven a aparecer. Tengo problemas para confiar en los hombres por eso. Todavía tengo pesadillas por

lo que él me hizo y esa es la razón por la que no me quedé la otra noche. No quería asustarte si tuviera una.

Me estudió por un momento. —Te recordé a tu padre esa noche en el Four Seasons, ¿no es así? Viste algo en mí que te asustó. Por eso que te alejaste. Te hice pensar en tu padre, ¿no es así?

—Hasta cierto punto, sí.

—Jennifer, lo siento.

—Alex, esto no era para hacerte sentir culpable. Es para que entiendas mejor quién soy yo. Tengo veinticinco años y no tengo otra experiencia con hombres que el abuso de mi padre. Sé que percibes que me freno. Quiero que sepas que no eres tú. Soy yo.

—No, es así—. Puso su trago al lado del mío y se me acercó. —Es él. No te voy a preguntar qué te hizo. Vendrá en su debido momento o nunca. Es tu elección. La única pregunta que tengo es si fue sexual. Porque si así fue y necesitas más tiempo para sentir que puedes confiar en mí antes de tener relaciones íntimas, no hay problema. Cuándo y si pasa, solo hará el momento aún mejor.

—Nada de eso fue sexual. Solo me maltrató verbal y físicamente.

—¿Solo?

—Solo. Podría haber sido peor. Mucho peor. Y para serte honesta no sé si puedo esperar mucho más. Todo en mi vida es bueno en este momento. Estoy en el lugar adecuado. Estoy con un buen hombre. Yo sé que tú eres un buen hombre. Sé que lo que te pasó esa noche fue un corto circuito. Ahora lo entiendo. Y estoy cansada de que mi padre me detenga. No lo va a hacer de por vida. Es hora de seguir adelante con esto.

—¿De seguir adelante con qué?

Yo solo lo miré. Mis emociones al desnudo. Me sentía completamente expuesta y vulnerable en ese momento, pero también segura con él.

Me estaba mirando fijamente. —¿Cuál es la otra razón por la que querías venir aquí esta noche, Jennifer?

—Hasta hace un momento no tenía una razón.

—¿Cuál es?

Era difícil para mí decir las palabras, pero me obligué a hacerlo. —Quiero estar contigo. Siento que me he engañado a mí misma esperando tanto. He perdido años a causa de mi bloqueo. Y ahora tú estás aquí, el único hombre con el que me veo. Yo creo que cuando comencemos no voy a querer parar. Incluso ahora es difícil para mí no tocarte. Y te quiero tocar.

Una penumbra que dejaba entrever deseo se apoderó de su rostro. Sus ojos, enmarcados por sus gruesas pestañas, se estrecharon un poco. —¿Dónde me quieres tocar?

—Por todas partes— dije.

—Te lo has pensado bien, ¿no es así?

Más de lo que te puedes imaginar. Asentí con la cabeza y sentí que comenzaba a temblar.

—¿Cuál fue el último pensamiento que tuviste?—. Había una aspereza en su voz que no había antes. Era embriagador.

—Tocar tu tórax. Finalmente verlo.

—¿Cuándo fue eso?

—Esta noche en el trabajo.

—¿Qué lo provocó?

Comencé a sentir calor. —Tú lo hiciste. Pensé en ti y mis pensamientos se fueron ahí. Quiero conocer cada centímetro de tu cuerpo. Quiero conocerlo mejor que tú.

Él no me estaba tocando. No me estaba juzgando. Solo me estaba escuchando y mirando, pero de una manera diferente. Era como si estuviera planeando qué iba a hacer conmigo. Había una mirada depredadora en sus ojos.

—Jennifer, ¿hasta dónde quieres llevar esto?

—Hasta el final.

—Eso puede ser bastante lejos y tú no sabes hasta dónde puedo llegar. Tengo que prevenirte porque iré muy lejos. Y una vez que comience pasará mucho tiempo antes de que me detenga.

—No me importa siempre y cuando me sienta segura. Pero quiero que vayas poco a poco. Quiero que me sorprendas. Quiero aprender y quiero que no te detengas. Si hay algo que te gusta o que te interesa, quiero intentarlo. Quiero experimentarlo todo.

—¿Todo?

—Quiero que me enseñes lo que sabes.

—¿Estás segura de eso?

—Lo estoy.

—Podría tomar algún tiempo, ¿sabes? Y resistencia.

—Tengo los dos.

—Puede hacerte sentir que abandonas tu cuerpo con solo tocarte.

—Entonces hazlo— dije. —Hazlo ya.

Orden de lectura:
Jennifer y Alex:
Aniquílame: Volumen 1
Aniquílame: Volumen 2
Aniquílame: Volumen 3
Aniquílame: Volumen 4
Aniquílame: Volumen 5 (Navidad)
Lisa y Tank:
Desátame: Volumen 1
Desátame: Volumen 2
Desátame: Volumen 3
Jennifer y Alex:
Aniquílalo: Volumen 1
Aniquílalo: Volumen 2
Aniquílalo: Volumen 3
Aniquílalo: Navidad

ESTA HISTORIA SE DESARROLLA a lo largo de cinco novelas. Cada una de ellas es un episodio en la historia de las relaciones entre Jennifer Kent y Alexander Wenn.

Sigue la serie Aniquílame con el Volumen 2. Disponible ahora para la venta.

Me encanta charlar con mis lectores y hacer sorteos para ellos. Espero verlos allí pronto.

Les estaré profundamente agradecida si hacen una reseña crítica de esta novela en Amazon. Estas reseñas son esenciales para todo escritor.

Gracias.

Christina